愛しのパペット

華村美月

HANAMURA Mizuki

文芸社

愛しのパペット

孝文はただ茫然と立ち尽くしていた。

これは現実なのか——。

あまりにも凄惨な光景に、混乱するばかりであった。

「最近、奥さんに変わった様子はありませんでしたか」

「………」

「息子さんとの仲はどうでしたか」

「………」

「何か悩んでいらっしゃったとか」

刑事たちは首をひねるだけの孝文に苛立ちを隠そうともせず、矢継ぎ早に質問を投げかける。

妻の日常生活、息子との仲……、混乱のせいだけではなく、何を聞かれても孝文は満足に答えられなかった。

最後に妻の顔を見たのはいつだったろう。息子の声を聞いたのは？

これは、家庭を顧みなかった私への復讐なのだろうか。


リビングは、まるで緋色の絨毯を敷き詰めたように、夥しい血で赤く染まっている。その血の海の中に、妻と息子が寄り添うように横たわっていた。

息子の首には孝文のネクタイが巻き付けられ、妻の右手には自分の腹に突き立てた包丁の柄がしっかり握られていた。最後の力を振り絞ったのだろうか。左手はすがるように、息子の肩へと伸びていた。

刑事は、妻・朝子が、息子・裕貴(ひろき)をネクタイで絞殺し、その後割腹自殺を遂げたと考えているようだ。

遺書はなかったが、遺体の状況は、妻が自らの意思で息子と自分の生を断ち切ったことを示していた。包丁の切っ先は、へそから子宮下部まで達しており、覚悟の自殺と考えられた。

ここ数年、朝子が孝文に笑顔を見せることはほとんどなかった。しかし、遺体の顔は心なしか微笑んでいるようで、彼女の思いどおりに人生の幕を閉じたことをうかがわせた。

最愛の息子を手にかけてまで、朝子は何を得たかったのだろう。

孝文は、自分はこの解にたどり着けないとわかっていた。

茫洋とした暗い海に投げ出された思いで、悔いと怒りに荒れ狂う心を、ただ抱きしめるしかなかった。

1

「ねえ、聞いた？　宮西コーチ、この秋結婚されるんだって」

「えーっ！　ショック！　私、ひそかに狙ってたのに」

「まあ、図々しいこと。あんなに爽やかなイケメンですもの。四十前のおばさんなんて眼中にないわよ」

「あらま、ひどい言われよう」

美保がむくれて見せる。美保と理沙子はダブルスを組んでいるだけあって、息の合ったやりとりでいつも笑わせてくれる。

乾いた喉を潤そうとジンジャーエールを飲みかけていた朝子は思わずむせそうになり、慌てて口元を押さえる。

「もう、噴き出しそうになっちゃったじゃない」

朝子のパートナーの真由美がピザをつまむ手を止めて、

「美保さん、ちょっと現実を見ましょうね」

とすまし顔で茶々を入れると、待っていたように笑い声が弾けた。

週に一度のテニスのレッスン後は、隣接のイタリアンカフェで、四人でランチを楽しむのが常であった。

子どもが小学校に入ったとき、同じクラスだった縁で知り合い、それから七年ほど親しいおつきあいが続いている。朝子にとっては、数少ない気の許せる仲間だ。

ガラス張りの明るい店内には、観葉植物や海外から集められた雑貨がセンスよく飾られ、心地よい空間を演出していた。

ひとしきり、宮西コーチの結婚話で盛り上がった。

二十七歳だというコーチは、すっきりした目鼻立ちに白い歯がまぶしく、木村拓哉に似ていると、もっぱらの評判だ。朝子は、木村拓哉のファンでもないし、似ているとも思わなかったが、教え方が丁寧でわかりやすいところが気に入っていた。

「何かお祝いしなくちゃね」

理沙子の提案で、銀座にお祝いを買いに行きがてら、創作和食を賞味するということで話はまとまった。

「人気の店だからなかなか予約が取れないんだけど、主人に頼めば一か月後ぐらいならなんとかなると思うわ。はっきりしたらまた連絡するわね」

「じゃあ、よろしくお願いね」

「あら、もうこんな時間」

急に主婦の顔になり、皆そそくさと立ち上がる。

ラケットとレッスンバッグを抱えてカフェの外に出ると、はや日が落ちかけていた。ふだんはそれぞれの車で帰宅するのだが、その日は真由美が車を車検に出しているというので、朝子が送ることになった。たまたま家が同じ方向なのだ。

真由美は恐縮しながら助手席に乗り込むと、ふとため息をついた。車が走り出しても、いつも陽気で饒舌な彼女が珍しく沈黙を守っている。

「どうかしたの」

「実は」

彼女は沈んだ声で切り出した。

「この間の定期テスト、うちの翔太ったらブービー賞取ってしまったのよ。クラスでビリから二番目ってわけ。それに、この頃反抗期なんだか、ろくに口もきいてくれないし、ときどきすごい目つきでにらまれるし、もう何考えてんだかわからなくて……」

翔太は、小学生時代はとても活発でやんちゃな子だった。裕貴はよくおもちゃを取られて泣いていたものだ。低学年の頃はときどき一緒に遊んでいたが、だんだんそれぞれの仲間ができ、中学生になってからは、クラスも違ってほとんど付き合うことがなくなった。朝子も、授業参観などで学校に行ったときに、たまに見かけることがあるぐらいだ。

「でも、男の子ってそんなものじゃない？　学校であったこととかあまり話さないのが普通らしいわよ。うちのクラスの男の子を持つお母さん方も皆さん、『何も教えてくれないのよ』って嘆いているわ」

（うちの裕貴は話してくれるけど）という言葉をぐっとのみ込み、朝子はそう慰めた。

でも、聞いているのかいないのか、真由美は物憂げな表情でうつむき、何か考え込んでいる。

「お宅はいいわよね。裕貴君、中学生になってから健太郎君といつも学年トップ争いをしてるそうじゃない。イケメンだし礼儀正しいし。この前学校ですれ違ったときも、『こんにちは』ってきちんと挨拶してくれたわ。うちの子と大違い」

「あら、そんなことないわよ。家ではだらだらしてるのよ」

思わず頬がゆるみそうになるのを抑えて、朝子は無難に謙遜する。

真由美が落ち込むのも無理はない。翔太は長男で、妹がいるが、男の子は彼一人だ。真由美の夫の朝倉正一は総合病院の理事長をしており、翔太を医師にして後を継がせるのが既定路線になっている。そのため、小学校に入学したときから家庭教師を雇い、英才教育を施してきたという。小学生時代はそれなりに成績もよかったはずなのに、いったいどうしたことだろう。

子どもたちが通う学校は、幼稚園から大学までエスカレーター式で進学できる。小学校からも入学可能で、四人の子どもたちはたまたま皆小学校入学組であった。よく知られた名門校ではあるが、大学に医学部はない。なので翔太は外部の高校を受験させると聞いていた。もう中学二年生だから、そう時間はない。

しかも、夫の正一がバブルの頃不動産投資に手を出したのがたたり、病院の経営状態があまりよくないとささやかれている。

朝倉家の命運を握っているともいえる翔太の成績不振に、真由美が頭を抱えるのは当然だ。朝子は、裕貴を内部進学させるつもりなので割合のんびりしていたのだが、真由美の焦りや苦悩は理解できる。

なんと声をかければいいのか言葉を探していると、真由美が不意に顔をあげ、遠い目をして言った。

「朝子さん、私、翔太にプレッシャーをかけすぎたのかもしれない。K小学校に落ちたとき、夫に『おまえの育て方が悪いからこんなことになるんだ』ってすごく怒られて意地になっちゃったの。高校受験は絶対に成功させなきゃ、医者にしなきゃと思い込んで、お尻をたたきすぎたわ。翔太には翔太の夢があるのかもしれないのに……」

しみじみした口調で話す真由美の表情は穏やかであった。

「夫は怒り狂うでしょうけど、もう翔太の自由にさせたほうがいいのかもしれない。自分の進路は自分で決めさせないと、後でこんなはずじゃなかったって文句言われても困るものね」

「そうよ。翔太君は力があるんだから、なんだってできるわよ。子どもの意思を尊重しなくちゃ」

などと朝子が励ましているうちに、朝倉家に到着した。

まるで海外ドラマに出てくるような白亜の豪邸だ。何度かお邪魔したことがあるが、バブルの頃建て直したというだけに、隅々まで贅を凝らした造りになっている。吹き抜けの総大理石の玄関ホールは、寝泊まりできそうなほど広い。きらびやかなシャンデリアが垂れ下がり、思わず見惚れてしまったものだ。

私立のエスカレーター式の学校に通わせているだけあって、友人たちはみな裕福であった。理沙子の夫は弁護士、美保の夫は精密機械会社の経営者、朝子の夫はサラリーマンだが一流電機メーカーの管理職である。

親の援助もあり、それぞれハイクラスな邸宅で暮らしているが、なかでも朝倉家は群を抜いていると、朝子はひそかに思っている。

少し気持ちの整理がついたのか、真由美は明るい笑顔を残して、門扉に吸い込まれていった。

安堵の気持ちとちょっとした優越感に浸りながら、朝子は愛車を発進させた。

家庭教師をつけているわけでもないのに、優秀な成績を収める裕貴は、朝子の自慢の種である。夫が一流企業に勤めているとはいえ、財力ではとうてい彼女たちに太刀打ちできない。唯一勝てるのが、裕貴の成績なのだった。

友人関係は勝ち負けではないけれど、皆何かしら心のうちで優劣を競い合っているのは間違いない。もちろん、勝っていることがあっても、うちのほうが上という気持ちは慎み深く隠しておかなければならない。それが、彼女たちとうまくやっていく秘訣だと、朝子は心得ていた。

ふと気が付くと、梅雨明けを告げるかのように、遠くの空が真っ赤に染まっている。明日は暑くなりそうだわ、と朝子はつぶやいた。

2

その日曜日は、朝から容赦なく夏の太陽がじりじりと照り付けていた。朝子がサイフォンでコーヒーをいれていると、突然孝文が言った。

「今日は笹崎とゴルフするから、夕食はいらない」

「また？　先々週も笹崎さんとゴルフに行ったところじゃない。日曜日ぐらいは家にいて、裕貴の話を聞いてやってくださいよ」

「何か問題でもあるのか」

「いえ、特に問題はないけど」

「ならいいじゃないか。裕貴の教育はお前の仕事だ。俺はとにかく忙しいんだから、よけいなことで煩わせるな」

「よけいなこと？　裕貴はあなたの子どもでもあるでしょ」

言い募る朝子を無視して、夫はさっさと出かけてしまった。

五歳年上の孝文は、今年四十二歳という若さで部長に昇進した。この業界では異例の大出世のようで、内示が出た日は上機嫌だった。粉雪が舞い散る寒い日だったが、「たまには外で食べるか」と、朝子のお気に入りのフレンチレストランに連れていってくれた。

気分が高揚しているのか、孝文は珍しく饒舌に仕事の話をしたり、最近の世相を嘆いたりした。裕貴も会話に加わり、「三年生が引退するから、レギュラーになれそうなんだ」と、うれしそうに報告した。裕貴は野球部で、セカンドのレギュラー争いに没入しているのだ。

「そうか。その調子で勉強もがんばれよ」

「うん」

二人がこんな親子らしい会話を交わしているのを見るのは、久しぶりだった。朝子もいつになくワインのグラスを重ねた。バレンタインデーが近かったこともあり、ゴディバのチョコレートとダンヒルのネクタイをひそかに用意して、夫にプレゼントした。

「はいこれ。昇進おめでとうございます」

すると、孝文は帰りにブルガリのショップに立ち寄ろうと言い出し、ネックレスを買ってくれたのだ。ふだんは女性のファッションになどまったく興味を示さない夫なので、驚きながらも、朝子はそっと幸せを噛み締めたのであった。

でも、あれは白昼夢だったのかもしれない。翌日からは相変わらず午前様が続き、まさに猛烈企業戦士そのものであった。

それだけ働いてくれているおかげで、朝子は安穏と暮らしていられるわけだが、夫婦の会話は途切れがちで、ここ何年かは体を合わせることもない。女盛りの朝子には物足りないことこのうえなく、小さないさかいが絶えなかった。

せめて週末ぐらいゴルフを控えて家にいてくれればいいのにと、もやもやしながらコーヒーを飲み始める。

とんとんと二階の子ども部屋から裕貴が下りてくる足音がする。朝子はキッチンから顔をのぞかせ、声をかけた。

「ちゃんと宿題した？　どこか行くの。今日は英会話のレッスンでしょ。予習したら」

もう中学二年生にもなったのだから、干渉しすぎてはいけないと頭ではわかっているものの、言わずにはいられない。

裕貴は特にうるさがるわけでもなく、淡々と答える。

「宿題終わったよ。レッスンまでちょっと時間があるから、和弥君ちに行ってくる」

お気に入りのスニーカーを履いている裕貴の背中に、朝子は追い打ちをかける。

「そう、レッスンは十一時からだからね。遅れないようにしてね」

「わかってる」

いつのまにかひょろひょろと背が伸びて朝子を追い越したが、顔つきにはまだまだ少年のあどけなさが残っている。

「十一時前には帰るから」

裕貴はそう言い残して出て行った。

ふと見ると、上がり框に黒い財布が落ちている。裕貴の誕生日に朝子がプレゼントしたものだ。スニーカーを履くときに、ズボンのポケットから滑り落ちたらしい。

「あらら、鈴でもつけるように言わなくちゃ」

裕貴の勉強机の上に置いておこうと部屋に入ると、机の引き出しが十センチほど飛び出している。押しても、何かが引っ掛かっているようで閉まらない。しかたなく引き出しを開けて奥のほうをのぞいてみると、折れ曲がった雑誌のようなものがはさまっている。

何気なく引っ張り出してみると、それは、でかでかと裸の女性が載っている、いわゆるエロ本といわれるものだった。

裕貴がこんなものに興味を持つなんて――。

朝子にはかなりの衝撃だった。そういえば、この前の学校の保護者会の帰りに、「先輩からもらったいやらしい本を、男の子たちが回し見しているらしいのよ」と、眉をひそめて話していたお母さんがいたっけ。他人事だと思って聞き流していた。

裕貴はご丁寧に、お気に入りらしいページに付箋まで張っている。開いてみると、かわいい顔立ちの女の子が、あられもないポーズをとって寝そべっていた。かっと頬がほてり、朝子は思わず目をそむけた。

見て見ぬ振りをしたほうがいいのか、裕貴が帰ってきたら問い詰めるべきなのか、判断がつかない。

こんなとき、夫がもっと関わってくれたらいいのにと思わずにはいられない。裕貴は同級生の男の子たちのように、取り立てて母親に反抗的な態度は見せない。けれど、思春期に入って難しい年頃に差し掛かっているのだから、少しは父親らしいところを見せてほしいのだ。

今日家にいてくれたら、この雑誌をどうすべきか相談できたのに、ゴルフなんかに行ってしまって。迷ったのち、朝子はそのまま引き出しの奥に戻した。

コーヒーをいれ直し、テレビをつけようとしたとき、電話が鳴った。

「はい、桐谷でございます」

「もしもし、朝子さん？　笹崎です」

「あら、笹崎さん。何かありましたの」

朝子は、夫の大学の同期で親友だという、この笹崎が苦手であった。飲んだ勢いで夜中に夫が幾度か家に連れ帰ったことがある。そのたびに朝子はあわてて飛び起き、急いで着替えてありあわせのもので軽食を作ったり、寝具の用意をするのである。すっぴんを見られるのは恥ずかしいし、何より不愉快だったのは、朝子を見るときの嘗め回すような彼の視線であった。

笹崎は金融機関の研究所に勤めているが、お堅い職業の割には遊び人で、浮気が原因で離婚したという。

夫はなぜかこんな笹崎とウマが合うらしく、大学卒業後も交流が続き、今でも月に数回ゴルフをする仲であった。今日も一緒にコースを回っているはずなのに、ひょっとして夫がゴルフ中に倒れたとでもいうのだろうか。嫌な予感がする。これまで一度も笹崎から電話がかかってきたことはなかったのだ。

「今日はうちの人とゴルフですよね」

胸騒ぎを抑えながら、笹崎の返事を待った。

「ねえ、朝子ちゃん」

急に口調を変えて、彼は馴れ馴れしく呼びかけた。

「孝文の言うこと、ほんとに信じてるの」

「えっ？」

この人はいったい何を言いたいのだろう。ざらりとした手でなでられたような不快感がこみあげ、電話を切りたくなったが、ぐっとこらえる。

「どういうことでしょうか」

「僕は今日、孝文とゴルフなんかしてないよ。彼は若い女とよろしくやってるよ。いつもアリバイ作りを頼まれるんだけどさ、朝子ちゃんがあまりにも可哀そうだから、本当のことを教えてあげたくなったんだ。僕が最後に孝文とゴルフに行ったのは二、三年前かな。それ以来一度も行っていないよ」

あまりにも予想外の話で、笹崎の言葉が朝子の頭にしみこむまで、少し時間を要した。夫に女が？　数年前から夫とはゴルフしていない？

「つまり、主人が笹崎さんとゴルフと嘘をついて、浮気しているとおっしゃりたいの」

「簡単に言うと、そういうこと」

「そんなでたらめを私が信じるとでも」

「だって実際、孝文は今日、僕とゴルフだと言って出かけたんだろ？　でも僕はゴルフなんかしてないんだからね。今こうして電話してるんだから」

そう言われて時計を見ると、十時過ぎだった。たしかに一緒にゴルフをしているのなら、こんな時間に電話をかけてくるのはおかしい。そう思ったとたん、動悸が激しくなった。

あの仕事人間の孝文が浮気？

朝子の動揺を見透かして、笹崎は言葉を継いだ。

「朝子ちゃん、いつもきれいだね〜。孝文にはもったいないよ。僕なら寂しい思いはさせないよ。ねえ、携帯の番号教えてよ。もっと仲良くなりたいんだ」

何を言ってるの、この人。屈辱で体が震え、吐き気がした。

「失礼します」

やっとそれだけ返すと、朝子は受話器をたたきつけるようにして置いた。

なんて無礼な人なんだろう。それにしても、彼の話は本当なのだろうか。動悸が止まらず息苦しいほどだ。

朝子を得たいがために、作り話をして夫婦の仲を裂こうとしているのではないか。きっとそうにちがいない。でも、それなら孝文は、今日は誰と何をしているのだろう、なぜ笹崎の名前を出したのだろう。さまざまな疑念が脳裏を駆け巡り、心は乱れるばかりであった。

三十分ほどそうしてうずくまっていただろうか。朝子は意を決して、夫がいつも使っているカントリークラブに電話してみた。

できるだけ平静を装って、フロントに尋ねる。

「桐谷でございますが、ちょっと急用ができましたので、主人を呼び出していただけますでしょうか」

「少々お待ちください」

フロント係は何やら調べているようだ。緊張で手がじっとりと汗ばんでくる。

「お待たせしました、桐谷様。ご主人様は今日はお見えになっていらっしゃらないようです。他のゴルフ場とお間違えではございませんか」

夫が不機嫌そうに「ゴルフ中になんの用だ」と電話口に出てくれるのではないか、と一縷の望みを抱いていたが、やはりゴルフなんかしていなかったのだ。それでも諦めきれず、すがりつく思いで聞いた。

「でも、お宅の会員なので、私用のときはいつもそちらでプレーしているはずなのですが……」

フロントの男性は、困惑したような口調で遠慮がちに言った。

「最近はお見えになっていないですね。会員権もずいぶん前に手放されたようですが」

朝子は返す言葉もなく、その場に崩れ落ちそうになった。

異様な気配を察したのか、よけいなことを言い過ぎたと思ったのか、フロント係は気遣わしげに聞いた。

「奥様？　だいじょうぶですか」

「ええ、だいじょうぶです。ちょっと私が勘違いしていたようです。失礼いたしました」

電話を切るなり、朝子はソファに倒れこんだ。

「笹崎とゴルフだ」

何度このセリフを聞かされ、言い争いをしたことだろう。「休みの日ぐらい家にいて」という朝子の懇願を振り切って、そそくさと出かけていく夫。そのときの夫の冷たい表情やとげとげしいやりとりが脳裏によみがえる。たまに「笹崎と飲んで遅くなったから」と、帰らない日もあった。

仕事が忙しい、忙しいと言いながら、不倫にいそしんでいたなんて――。悔しさと怒りが激流のようにこみ上げ、息もできない。

朝子のプライドは粉々に砕け散った。

「ママ、どうしたの。気分でも悪いの」

いつのまにか、裕貴が帰ってきていた。もう、エロ本のことなど頭からすっかり飛んでいた。

「いえ、あんまり暑いから、ちょっと夏バテ気味なのよ」

朝子はあわてて涙をふいて体を起こした。

「じゃあ、英会話のレッスン行ってくるよ」

「行ってらっしゃい」

裕貴との何気ない会話で、朝子は正気を取り戻した。そうだ、泣いている場合じゃない。若い女が誰なのか突き止めなければ。

私は母のようにはならない、絶対に女を許さない――。

母は父の不倫が発覚したとき、いったんは激しく怒ったものの、自分の持つ聴覚障害ゆえか、ひたすら耐え続けたのである。

そんな両親の姿は、朝子の心にも暗い影を落とした。

3

父の不倫が発覚したのは、朝子が高校生の頃だった。外泊が増え、どうも様子がおかしいと母が怪しみ始めたのだ。

もともと隠し事のできないあけっぴろげな性格だったので、父はあっさり白状した。

「実は女に店を出させているんだ」

父は銀座のバーのホステスにいれあげ、店までもたせていたのだ。それまでは、夜が更けて皆が寝入ってからこっそり帰ってきていたが、白状してからはむしろ居直って、平然と帰宅するようになった。そうすることによって、家長としての威厳を示そうとしているかのようだった。

修羅場はすぐにやってきた。例によって深夜堂々と帰ってきた父に、母が詰め寄ったのだ。

「ちょっと話があるの」

ふだんはお父さん子の朝子であったが、その夜は母に加勢するつもりで、一緒に父の帰りを待ち受けていた。

自分に非があり、反論のしようがないからだろう。父は手近にあるものを投げつけ、母を怒鳴り続けた。さらに殴り始めたのである。

朝子はとうてい黙っていられなかった。台所に走り包丁を持ち出して、震える手で構えた。

「お母さんを殴るのなら、私を殴って！」

父は包丁をもぎ取り、怒鳴った。

「いいかげんにしろ！」

いいかげんにしてほしいのはそっちのほうだ。喉元までこみ上げた言葉をのみ込み、朝子は父に訴えた。

「お父さん、お母さんに優しくしてあげて。耳が聴こえないうえにこんなひどい仕打ち、いくらなんでもかわいそうよ。ちゃんと家に帰ってきて。その女の人と別れて」

生返事ばかりの父に苛立ちながらも、朝子は二時間あまりも膝詰め談判をした。

とうとう父はあきれて言った。

「おまえは親を相手に何時間しゃべってるんだ」

朝子も父も母も疲れ果てて、部屋に引きあげた。

朝子は興奮してなかなか寝付けなかった。父との言葉の応酬を思い返していると、隣の部屋から、かすかに、あえぐようなすすり泣くような声が聞こえてきた。

「なーんだ。さっきはすごい修羅場だったのに、もうあんなことして」

布団を頭の上までかぶり、二度と母の味方なんかするものかと思ったものだ。

父は朝子の訴えをことごとく無視し、女性との仲は、朝子が二十三歳になるまで七年近くも続いた。

一方母は、どんなやりとりがあったのか知らないが、毎月父からもらうたくさんのお金と引き換えに、黙認したのである。

こんな母を朝子は受け入れられなかった。もともと朝子と母との関係は複雑で、いっそう距離が遠くなったような気がした。

母は生まれつき耳が聴こえなかった。そのため、幼い頃から口唇術で母と他者との通訳をするのが、長女の朝子の務めであった。母は運動会や授業参観など、学校行事にも一度も顔を見せず、寂しい子ども時代を過ごした。

ただ、父が溺愛してくれたのが救いだった。父は朝子をどこにでも連れていき、豊かな財力でなんでも買い与えてくれた。朝子は父が大好きだった。

もっとも、「おまえは朝生まれたから朝子なんだよ」という、あまりにも短絡的な名前の付け方には、いつも文句を言ったものだ。少しぐらい知恵を絞って、凝った名前にしてくれればよかったのに。長じて文学に親しむようになると、いっそう朝子のこの思いは募った。「夢野」とか「夢見」とか、文学の香り高い名前をつけてほしかった。

結婚すれば姓は変わるけれど、名は一生付きまとうのだからと、自分の名前を書くたびにそう思ったものだ。

母は朝子を頼りにしながらも、仲が良すぎる夫と朝子に嫉妬の炎を燃やしていた。ふとした折に冷たい目でにらみつけられ、冷や水を浴びせられたような気持ちになることがしばしばあった。母にとっては、朝子は子どもというよりライバルだったのだろう。

こんな父と母を結びつけたのは、ひとえに祖父の財力であった。

地方から出てきて祖父の経営する不動産会社に就職した父は、働きぶりを認められ、家と土地、お手伝いさん付きで母をもらってくれと祖父に頼みこまれて、断り切れなかったのである。母には聴覚障害、父には婿養子という負い目がある。

裕福ではあったが、結婚生活を営むうえでこうした経緯が、父と母、双方の心にさまざまな葛藤を引き起こしたのは、想像に難くない。

朝子もそのとばっちりを受けて、母を支えなければならない、二人の仲を取り持たなければならない、という長女としての重圧をひしひしと感じながら成長した。ときにはストレスが爆発して、夜の街で遊びまわったこともある。

だから、自分の子どもにはそんな思いをさせたくなかった、円満な家庭を築くのだという強い意志を持って、孝文と結婚したのであった。

一粒種の裕貴は、バブル経済絶頂期に生まれた。孝文が勤める会社もかつてない高収益に沸き、びっくりするほど多額のボーナスが出た、今思えば、あの頃が朝子の幸せのピークだったのかもしれない。

朝子はずっとこの幸せが続くと信じて疑わなかった。だが、ほどなくバブルが弾けたように愛もしぼみ、いつしか必要なことを事務的に話すだけになった。

それでも、夫は夜遅くまで働いてくれているのだからしかたがない、と耐えてきたのに――。

4

一週間後、朝子は細い路地に面した雑居ビルのドアの前にいた。地階は居酒屋、一階には定食屋、二階には整骨院が入っているようだ。目指すは三階の興信所である。

住所を頼りに道に迷いながらたどり着いたのだが、雑然とした雰囲気に気後れして、ビルのドアを開けられない。

こんな場所に足を踏み入れなくてはいけない情けなさに、また涙がこぼれそうになる。通りがかりの人に胡散臭そうな視線を向けられ、いっそうみじめな思いが募った。引き返したくなったが、ここでひるんではいけないと自分を叱咤する。

朝子は、不倫相手の素性を突き止め、ダメージを与えなくては気がすまなかった。女の家庭を壊し、夫と手を切らせるのだ。

離婚するつもりは毛頭なかった。一流企業の管理職の妻というステイタスと安穏な暮らしを手放すのは耐えられない。何より体裁が悪い。内情はどうであれ、〝優秀な息子とエリートサラリーマンの夫をもつ幸せな奥様〟という仮面を外したくはない。

なので、むやみに夫を責め立てて離婚騒ぎになるのは避けなければならない。かといって、見て見ぬ振りなどできなかった。非がない自分だけが、こんなにみじめな思いをさせられるのは理不尽すぎる。

そこで、興信所とやらに調査を依頼しようと決心したのだ。朝子は興信所について何も知らなかったが、他に方法を思いつかなかった。浮気調査の実績が豊富なところを電話帳で調べ、足を運んだのである。

朝子は腹をくくってガラスのドアを開け、エレベーターに乗り込んだ。

それから三週間が経ち、夏の暑さもようやく峠を越えようとしていた。ふだんは夏休みは、裕貴とともに父が所有する箱根の別荘で二週間ほど過ごす。夫は盆休みの数日だけ合流するのである。しかし今年は、裕貴に部活やキャンプの予定がぎっしり入っていたため、別荘には行かなかった。二週間だけでも夫の顔を見ずにすむと思っていたので落胆したが、やむを得ない。

今となっては、仕事が忙しいと言われても言葉どおりに信じることはできず、また女と会っているのではないかと疑心暗鬼になる。家事をしていても、すぐに思考はそこに戻ってしまう。庭で花の手入れをしていても、夕食の準備をしていても、頭の中には常に夫とまだ見ぬ女が居座っていた。

夫は、一昨日の土曜日も、この暑い中「笹崎とゴルフ」とのたまって出かけた。そのうえ「飲みすぎたから泊まる」と帰宅しなかった。

あまりにも不愉快で着信拒否にしたため、二度と笹崎から電話がかかってくることはなかった。幸いにも彼は、不倫を暴露したことを孝文に告げていないようだ。もちろん、おまえの奥さんを口説いた、などと言えるわけもないのだが。

週明けの今日、興信所から電話があると朝子は確信していた。この週末、夫は笹崎とではなく、彼女と一緒に過ごしたにちがいないのだから。

思ったとおり昼前に興信所から連絡が入り、調査の報告を受けることになった。

小ぢんまりした事務所で、朝子は所長と向き合っていた。初めてこの事務所を訪れたときは、緊張して観察する余裕もなかったが、今日は少し落ち着いて所長の顔を見ることができた。小太りで丸い眼鏡をかけ、世話好きのおじさんといった風情だ。かなり生え際が後退しているところを見ると、五十代ぐらいだろうか。

若い調査員が五、六人いるらしいが、調査に出かけているのか、その日事務所にいたのは、所長のほかには中年の女性事務員一人だけだった。

どんな結果が出たのだろう。試験の合格発表を見るときのように、胸がどきどきした。

所長はテーブルに数枚の写真を並べる。

「ご主人のお相手はこの女性です」

朝子は食い入るように写真を見つめた。

食事中の二人、女性の上半身のアップ。いずれも望遠レンズで撮ったらしく、かなり大きく鮮明に写っていた。腕を組んでホテルに入るところを、斜め後ろから撮った決定的な写真もあった。

すらりとしてスタイルは良さそうだが、取り立てて美人というわけではない、どちらかといえば平凡な顔立ちの女だった。なぜ、こんな女に……。

そのとき、朝子の目は、ある一点にくぎ付けになった。

ブルガリのネックレス――。

全身から血の気が引くのを感じた。昇進の内示を受けたとき、孝文が朝子に買ってくれたネックレスと同じものだ。特徴的なデザインなので、間違いようがない。

ジュエリーなんかに興味がないはずの夫が、ブルガリのショップを知っていたことも、さして迷わず「これがいいんじゃない?」とネックレスを選んでくれたことも、不思議には思ったものの、うれしさが勝って深くは考えなかった。先に女に買い与えていたから、すぐさまこのネックレスを選べたのだろうか。

しかも、はじめは女の容姿に気を取られて気づかなかったが、注意深く見ると食事をしているレストランも、あの日と同じフレンチの店であった。


どこまで私をばかにすれば気がすむのだろう。写真を持つ手がわなわな震えるのを抑えられない。絶対に許すものか。朝子は心の中で思い切り毒づいた。

そんな場面は見慣れているのか、所長は何も言わずに、朝子の興奮が収まるのを待っていてくれた。

ようやく顔を上げた朝子に、さらなる衝撃が襲いかかった。

「この女性は、ご主人の部下のようです。二十七歳で独身、名前は……」

もう何も耳に入らなかった。孝文の部下という一言が朝子を打ちのめした。十五歳も年下の独身の部下との不倫。もし会社にばれたら孝文も無傷ではすむまい。それは朝子の望むところではない。

独身なら、女の家庭を破壊することもできない。叩き潰したくても、打つ手がないではないか。こんな屈辱を受けているのに、ただ指をくわえて見ているしかないのか。

どこをどう歩いたのか覚えていない。朝子は帰宅するや否や、ジュエリーボックスから例のネックレスを取り出し、引きちぎって捨てた。

涙がとめどなくあふれ、初めて声をあげて泣いた。

5

朝子の自尊心はズタズタであった。同じネックレス、同じレストランも許しがたいが、相手が平凡で地味な女であったことも朝子を深く傷つけた。

なぜ、あんな女に夫は惹かれたのだろう。どこが私より勝っているというのだろう。ただ若いだけではないか。

朝子は少女の頃から異性にもてはやされ、言い寄られたことは数知れない。中学・高校と厳格なミッション系の女子校に通っていたので、身近に男子はいなかったが、他校の男子に通学路で待ち伏せされ、ラブレターをもらうのは珍しいことではなかった。

「朝子、またラブレターもらったの。どれどれ、今回の出来はどうかな。私が採点してあげるわ」

「これは三十点ね。もっと情熱的に書かなくちゃダメよ」

友人たちは面白がって、朝子がラブレターをもらうと回し読みをして、ダメ出ししたものだ。

中学時代から朝子についていたT大生の家庭教師も、何人か入れ替わったが、例外なく皆朝子に夢中になった。ときには三角関係に陥り、朝子自身はどちらにもさほど好意は持っていなかったのに、板挟みになって困惑したものだ。

夫の孝文もそうだった。気に入る女性に出会えなくて十数回もお見合いを繰り返していたというが、朝子には一目惚れ。とんとん拍子に結婚に至ったのである。

あの頃の彼の情熱はどこに消えたのだろう。人間の気持ちは移ろいやすいものだと、朝子は切ない気持ちで振り返った。

でも、自分自身はどうだろう。変わらぬ愛情を孝文に注いできたといえるのだろうか。裕貴が生まれてから、朝子の関心はひたすら裕貴に集中していたように思う。理想的な子に育てなくては、という責任感と使命感に燃えていたのだ。孝文は子育てにはあまり関わってくれなかった。そのぶん、よけいに力が入った。

裕貴は小学校時代は神童と言われ、三者面談では担任の先生に「どうやってこんなに素晴らしいお子さんに育てられたのですか」と聞かれた。母親としてどれほど誇らしかったことだろう。自分は妻ではなく、母になったのだ。

今、孝文を愛しているかと問われれば、なんと答えればいいのかわからない。情はあるが、愛はないのかもしれない。いつからこうなったのか定かではないが、気が付くと笑顔を交わすことも、会話もめっきり減っていた。

それでも、孝文が他の女にうつつを抜かしているのは耐えがたい屈辱だった。それも平凡な女に。私のほうが女としてずっと魅力的ではないか。

朝子は不倫の証拠写真と、「この女性と手を切ってください」というメモを封筒に入れ、夫の書斎机の上に置いた。安っぽいメロドラマのように、みっともなく取り乱すのは、朝子のプライドが許さない。静かに怒りを伝えることによって、妻としての矜持を示したつもりであった。

6

「あの写真はなんだ」

翌朝、夫は平然と聞いた。その反応に戸惑いながらも、朝子は努めて冷静に答えた。

「書いたとおりよ。あの女と別れてください」

「なんで」

「なんでって、私という妻がありながら他の女性とホテルに行くなんて、裏切り以外の何物でもないでしょ」

朝子は、当然孝文が謝罪したうえ、手を切ると言ってくれるものと思い込んでいた。それなのに、その態度は何？　でもここで泣いたりわめいたりしたら自分の負けだ。こみ上げる怒りを必死に抑えた。

「おまえは俺になんか関心ないだろ。俺の稼ぎさえあればそれで満足だろ。女ぐらい、いたっていいじゃないか」

朝子は凍り付いた。ここまで冷たい言葉を浴びせられるとは、露ほども思っていなかったのだ。

「何よ、その言いぐさ。開き直るのはやめて！」

もうなりふり構ってなんかいられない。思わず大声を出していた。こらえようと思っても、涙がぽろぽろこぼれる。

「なぜ私が責められるの。不倫したのはあなたでしょ」

夫はうんざりした表情を隠そうともしない。

「おまえが望むのなら、離婚したってかまわん。そうするか？」

「そんなことしたら、あなただって出世できなくなるわよ」

「いいさ。おまえが出世してほしいだけだろ。見栄えのいい高給取りの夫をお飾りに置いておきたいだけさ」

「なんでそんなひどいことを言うの」

「おまえは、裕貴にしか関心がないじゃないか。それに、俺の実家が傾いたら見向きもしなくなったよな。裕貴の七五三祝いの羽織袴もセンスが悪いからと着せず、おふくろの形見の人形も趣味に合わないからと捨てたよな。おまえの実家といつも比べて、見下していたじゃないか」

あっ――。思わず朝子は自分の口元を抑えた。

孝文の実家は建設業を営んでいた。義父は田舎から出てきて、一代で財をなした苦労人であった。朝子が孝文と結婚した頃は羽振りがよかったが、バブルが弾けると一気に業績が悪化し、数年前に会社を整理したのである。

その心労もあったのか、義母は胃がんを発症し、二年前に六二歳でこの世を去った。義母は日本人形の作家で、弟子も数人抱えるほどの腕前であった。テーマを決めて下絵を描き、顔からボディー、衣装に至るまで精緻に作る。とても根気のいる作業で、一体作るのに半年ぐらいかかるという。

形見としてもらった日本人形は、あでやかな十二単をまとった美しい姫君で、見事な出来栄えであった。しかし、朝子はインテリアに凝っており、シックなヴィクトリアンスタイルで統一していたので、その人形はあまりにも不似合いであった。

孝文も人形に興味があるとも思えず、こっそり処分したつもりであった。ところがどういうわけか、孝文は気づいていたようだ。

朝子は幼い頃から父に連れられて銀座界隈に親しみ、エレガントでなければ恥ずかしいという価値観を持っていた。孝文が指摘したように、人はよいがいつまでも田舎臭さが抜けない義父母を、内心軽んじていたのは紛れもない事実であった。

「ごめんなさい。お義母さんの形見のお人形を処分してしまったのは悪かったわ。せっかくのお祝いの衣装を着せなかったのも。でもそれとこれは別でしょ」

「どう、別なんだ。俺を大切に思う気持ちがあれば、そんなことはできないはずだ」

そう言われると、返す言葉もない。朝子は軽い気持ちでしたことであるが、夫は深く傷つき、やり場のない怒りを心の中に溜め込んでいたのだ。

「俺はあいつとは別れない。もし別れたとしても、おまえのところには戻らない。おまえも好きにすればいい」

これ以上、非情な言葉があるだろうか。

泣き崩れる朝子を横目に、夫は出勤していった。

「ママ、どうしたの。パパと喧嘩したの？　二人の声がうるさくて、ゆっくり眠れないじゃないか」

裕貴が寝ぼけまなこで二階から下りてきた。

「裕ちゃん」

思わず朝子は裕貴の両手を握りしめた。私の味方はこの子だけだ。

裕貴はあっけにとられて、振り払うでもなく、朝子に預けた手をただぼんやりと見つめていた。

7

いつのまにか涼やかな風が吹き抜ける季節となった。透明感に満ちた秋は、朝子のいちばん好きな季節であった。

けれど、その年はただ物寂しいだけで、金木犀の甘い香りも朝子を癒してはくれなかった。そういえば金木犀の花言葉は「誘惑」だったと、かえって怒りが増す始末だ。

自分にも非があると理解はしたものの、だからといって不倫をしてもいい、ということにはならないはずだ。朝子はとうてい納得できなかったが、離婚しないと決めている以上黙認するしかない。ああはなるまいと決意していたのに、結局は母と同じ立場にいる自分が情けなかった。

そして、孝文も父と同じようにもう隠す必要はないと思ったのか、それまでは月に数回の外泊が、週に一度、二度としだいに増えていった。顔を合わせても、ほとんど口もきかない。単なる同居人と思うことで、朝子はなんとか波立つ心を静めていた。

もちろん他人の前では、〝優秀な息子とエリートサラリーマンの夫を持つ恵まれた奥様〟を演じ続けていた。

「コーチはコーヒー好きだものね」

「そうね。あのカップは喜んでもらえると思うわ」

「おしゃれで、新婚さんにはお似合いよね」

朝子はテニス仲間とともに、理沙子の夫が予約してくれた創作和食の店でランチを楽しんでいた。

三越で宮西コーチの結婚祝いのコーヒーメーカーとウエッジウッドのペアのコーヒーカップを選び、中央通りをぶらぶら歩いて、隠れ家のようなこの店に腰を下ろしたのだ。シックで洗練された内装も、センスあふれる創作料理も、朝子の好みにぴったりだった。

友人たちと他愛のないおしゃべりをしているうちに、この数ヵ月間の鬱屈した気分が、少しずつ晴れていくのを感じた。

情報通の美保がおどけて言う。

「宮西コーチの奥さんになる方って、雑誌のモデルもしていたほどの美人さんなんですって。とうとうコーチも捕らわれの身になっちゃうのよ」

「真面目だし優しいし、いい旦那さんになるでしょうね」

理沙子が相槌を打つ。

「でもね、妻が美人だからって、絶対浮気しないとはかぎらないわよ。だって、うちなんてこんなに美しい妻がいるのに、すぐ看護師に手を出すのよ」

冗談なのか本気なのか、真由美が口をとがらせる。

「まあまあ、男に浮気はつきものよ。多少は大目に見てあげたら?」

いちばん年長の理沙子がとりなした。

「あら、他人事だと思うから、そんなこと言えるのよ」

「そんなことはないわ。うちだって、パラリーガルといい仲になってしまったことがあって」

「えーっ!　で、どうしたの」

突然の理沙子の告白に、思わず皆身を乗り出した。美保が単刀直入に聞いた。

「もちろん、女と今すぐ手を切らないなら離婚する、と一喝してやったわ」

「それで、ご主人は素直に別れたの」

「もちろんよ。このリングはそのときの戦利品なの」

理沙子の指には、エメラルドのリングが燦然と輝いていた。

「うちは浮気が発覚するたびに、罰金として五十万円徴収することにしたの。どうせ浮気癖なんて治らないしね。そのお金で私も好きなもの買って楽しもうと思って」

真由美はにんまり笑う。

「なんだ、別に傷ついているわけじゃないのね。真剣に聞いて損しちゃったわ」

美保が肩をすくめた。

「いちいち傷ついてなんかいられないわよ。結婚して十五年も経てば、どこの家もこんなものじゃない？」

真由美のこの言葉に、理沙子が我が意を得たりと言わんばかりに、デザートのマロンアイスを口に含みながら、うん、うんとうなずいた。

「みんな、割り切ってるのね」

朝子は圧倒される思いで、そのやりとりを聞いていた。こんなふうに割り切ることができたら、どんなに楽だろう。でも、孝文の場合は、一時の気の迷いとかよくある浮気ではすまされない、本気の不倫だった。だからこそみじめで、こんなにあけすけに語ったりはできなかった。

「お宅は浮気の心配なんてないでしょ。お世辞抜きで、朝子さんはきれいだもの。今日だって思わず振り向いて見ている紳士がいたわよ」

「まあ、ありがとう。でもおだてても何も出ないわよ」

朝子は冗談にして受け流した。

友人たちの夫が浮気していると聞いても、ひとつも心が晴れない。気持ちが沈んで、それからは何を食べても味がよくわからず、みんなのおしゃべりに相槌を打つのがやっとだった。

食事を終えて外に出ると、日が翳り始めていた。

衆院総選挙の投票日を間近に控え、たすきをかけた候補者がジェスチャーたっぷりに街頭演説をしている。選挙カーの周りは黒山の人だかりであった。

朝子はまったく政治に関心がないので、聴衆をかきわけて進んでいると、後ろから呼びかける声がした。

「車が通りますから、皆さんもう少し左側にお寄りください。危ないですよ」

よく通る爽やかな声。その声はどこか懐かしく、朝子の記憶を刺激する。思わず振り向いた。彼も視線を感じたのか、ふと朝子を見た。

その瞬間、驚きのあまり二人は固まり、その場に立ち尽くした。

8

朝子は青春真っただ中にいた。女子学生向けのマンションで一人暮らしをし、かなり乱れた生活を送っていた。

歪んだ母との関係や不仲の両親から解放され、ようやく自由を得たのである。これまで長女として一身に重圧を受けてきた反動からか、男子学生や若手社会人と遊び回り、成り行きで体の関係をもつこともしばしばあった。

朝子は二十歳にして一端（いっぱし）の男たらしになっていた。

その年の夏休み、うだるような都会の暑さを逃れようと、友人を誘って一泊の予定で草津に出かけることにした。横手山を徒歩で越えて草津に下りる、というプランだ。

ぎらつく真夏の太陽を背に受けながら、二人で山道を登り始める。しばらく歩くと樹林帯に入り、青々した葉が焼け付く日差しをさえぎってくれた。

「ちょっとこの木陰で一休みしようよ」

額の汗をぬぐいながら切り株に腰かけると、高校生らしい三人の男子が通りかかった。何かスポーツをしているのか、Tシャツから突き出た二の腕がたくましい。

山中ということもあり、朝子は気軽に声をかけた。

「君たち、どこまで行くの」

「草津まで行って、一泊するつもりです」

「あら、私たちと一緒」

連れの友人がはしゃいだ声で言った。

「じゃあ、旅は道連れということで」

朝子がそうまとめると、彼らもまんざらでもなさそうな表情でうなずく。

朝子ははじめから、聖也と名乗った子が気になっていた。いちばん背が高く大人びた雰囲気なのに、短めのスポーツ刈りがいかにも高校生ぽくて、惹かれるものを感じた。

さりげなく彼のそばに近づく。

阿吽の呼吸というやつか、どちらからともなく手を繋いだ。

「ふだんは何してるんですか。大学生？　それともＯＬさん」

「さあ、どっちだと思う」

朝子は、じっと彼の眼をのぞき込む。すると、テレもせず彼も見つめ返す。朝子が彼の手をぐっと握ると、彼も握り返してくる。

真面目そうな顔つきなのに最近の高校生は場慣れしていると、変に感心しながら、浮き立つ心を抑えきれない。彼も、ちょっと年上のきれいなお姉さんに、興味津々といった様子だ。

二人をすっぽり隠してしまうほど生い茂った草木を隠れ蓑に、ときおり立ち止まっては見つめ合い、唇を合わせる。

皆から遅れて山頂にたどり着くと、彼らが歓声を上げていた。

「きれいだねー」

「あれ、富士山が見える」

「ほんとだ、富士山だ」

朝子には絶景もまるで目に入らない。彼の日に焼けたうなじに吸い寄せられ、どうしても視線をはずせない。光る汗が、なにか神々しいもののようにさえ感じられる。

「朝子～、何ぼんやりしてるの。ほら見て、あの山並み。北アルプスよ」

友人の呼びかけにはっと我に返り、絶景に見とれている風を装った。

草津に下りた頃には、握った手を決して離すまいと思うほど、聖也に心惹かれていた。とはいえ、いっときの戯れと百も承知だ。互いの連れに悟られないよう「じゃあ、またね」と、何食わぬ顔をして別れた。

夏休みは瞬く間に終わり、吹く風に秋の気配を感じるようになった。年下の彼を忘れられなかったが、もう会うことはあるまいと、朝子はほのかな恋心を封印した。けれど、彼はそうは思っていなかったようだ。

「もしもし」

受話器を通してその声が聞こえた瞬間、聖也だと直感した。

「ちょっと気分転換したいんだ」

草津に向かう山中での会話を思い出す。彼は東京の進学校に通う高校三年生で、受験勉強の息抜きに来たと話していた。優秀な成績らしく、T大を受けるという。帰京後は受験勉強にいそしんでいるとばかり思っていたのだ。

「上野の不忍池で会おうか」

次の言葉を待たず、朝子はすばやく提案した。

「うん」

弾んだ声が返ってきた。

平日の昼下がり、人影はまばらだった。朝子の指定した場所は大きな樹々に囲まれて見通しが悪く、密会にはぴったりであった。

ここがわかるだろうか。あたりを見回していると、不意に背後から抱きしめられた。そのまま二人は隅っこのベンチに倒れこみ、夢中で唇を合わせた。

こんな所でと思わないでもなかったが、理性はすぐに吹き飛んだ。言葉はいらない。無言のまま、ひたすら求め合った。

ふと気が付くと辺りは夕闇に包まれ、二人は池を照らす街灯にくっきりと映し出されていた。まるで、舞台の上で抱き合っている役者のようだと朝子は思う。

「じゃあ、また」

聖也は、やるべきことはすんだと言わんばかりのあっさりした態度で、暗闇の中に消えていった。

彼とはその後も逢瀬を楽しんだ。いつも電話は向こうからかかってきた。

「いいの？　こんなことしている暇あるの？　勉強忙しいんでしょ」

「朝子に会ってストレスを発散しないと、はかどらないんだ」

彼は若いエネルギーを放出し、すっきりした表情であわただしく帰っていく。そんな動物的な関係が、その頃の朝子にはかえって好ましく思えた。

翌春、聖也は見事にT大に合格し、朝子は大学三年生になった。合格祝いというわけでもないが、その日はラブホテルに直行した。

いつもなら情事が終わるとさっさと帰る彼が、珍しくベッドから起き上がろうとしない。

「僕は卒業したら官僚になる。日本を動かしたいんだ。就職してしばらくはそんな余裕はないと思うけど、落ち着いたら、僕たちの将来のことも考えたいと思ってる」

「僕たちの将来って、結婚するってこと？」

「そうだよ。それまで待っててくれるだろ」

あまりにも思いがけない彼の言葉に、ついうなずいてしまった。朝子は刹那の快楽だけを求めていた。彼との将来など、考えたこともないのに……。

でも、エリート官僚になる予定の彼は、当然自分についてくると、何の疑いもなく信じているようだ。彼はあまりにも若く純粋であった。

季節は駆け足で過ぎていき、驚いたことに交際は順調に続いた。まだまだ先の話だけれど、ひょっとしたら彼のお嫁さんになる日が来るかもしれない、と朝子は淡い期待を抱くようになった。

十二月に入り、街は一気にクリスマスムードに染まった。ジングルベルが流れ、華やかなイルミネーションがきらめき、恋人たちがもっとも盛り上がる季節だ。

その夜、朝子は女友達と六本木のバーでハイボールを飲んでいた。カジュアルな店で、いつも学生や若い社会人でにぎわっている。客は二十人ぐらいいただろうか。

カウンターの中では数人のバーテンダーが、慣れた手つきでシェイカーを振っている。無駄のないきびきびした動きが小気味よく、朝子は見入ってしまった。

「次はマンハッタン、お願い」

朝子がそうリクエストし、ふと横を向いた瞬間、隣にいた見知らぬ男がいきなり朝子のあごを引き寄せ、口の中に舌を入れてきた。

朝子は、咄嗟に相手の舌を思い切り噛んだ。

男は苦痛に顔をゆがめ、声にもならない声で吠えた。鬼のような形相で立ち上がると、口からだらだら血を流しながら、朝子の頬を力まかせにひっぱたいた。その瞬間、凍り付いたように場がしんと静まり返った。

悪いのはあなたでしょうよ。

痛む頬を抑え、冷え冷えとした空気を断ち切るように、朝子はドアに向かった。一刻も早く外に出たかった。

ところが、目の前に立ちふさがる者がいる。はっと見上げると、聖也が茫然とした面持ちで突っ立っていた。どうやら、すべてを目撃していたらしい。「なぜ、ここに」と思ったが、言葉を発する気にもならない。

彼の目に軽侮の光が宿るのを見て、恋の終わりを悟った。朝子は無言で横をすり抜け、店を後にした。

きっと、こんなあばずれ女とかかわったことを悔やんでいるにちがいない。いや、本性がわかってよかったと安堵しているかもしれない。

やはり、二度と彼から電話がかかってくることはなかった。

こうして、朝子の初めての本気の恋は、一年半足らずであっけなく幕引きとなったのである。

9

聖也はつかつかと足早に近づくと、朝子の手に名刺を握らせながら、耳元でささやいた。

「ここに電話して」

すぐに身をひるがえして選挙カーに戻っていく。

名刺を見ると、与党の議員の名前の下に、「秘書　大橋聖也」と書かれている。質のよさそうなスーツを着こなした聖也は、魅力あふれる大人に変貌していた。

あれから十六年、彼が充実した時を過ごし、順調にキャリアを積んできたことが一目でわかった。

「朝子さん、ここよ～」

真由美の呼ぶ声にはっと我に返り、朝子ははぐれた仲間たちと合流した。

「知り合い？　かっこいい人ね」

なんて目ざとい。ほんの一瞬のコンタクトだったのに、しっかり目撃されていたようだ。

「いえ、危ないからもう少し歩道側に寄るように注意されただけ」

「なーんだ。ロマンティックな秋、どこかにすてきなアバンチュールが転がっていないかしら」

いつもノリのいい美保が両手を組み、夢見る乙女のポーズで笑いを誘う。

「そうそう、私たちだってまだ捨てたもんじゃないわ。主人にだけいい思いをさせるなんて悔しいわよね」

真由美が同調する。

「そりゃそうだけど、私は不倫願望はないな。面倒臭そうだもの」

常に冷静な理沙子の一言に、夢見る乙女たちは現実に引き戻され、笑顔で別れた。

朝子は名刺を握りしめ、携帯の画面を見つめていた。

聖也に再会して、はや一ヵ月が過ぎている。衆院選は終わり、与党は絶対安定多数を維持した。彼のボスも無事当選を果たしていた。そろそろ電話をかけてもいい頃だとは思うものの、会いたいと思う一方で連絡してはいけないと押し留める気持ちも強く、心が揺れ動いていた。

三十代半ばの男女が偶然の再会をただ喜び合い、お茶を飲んで別れるだけとは考えにくい。もしかしたら道ならぬ関係に陥るのではないか。そんな予感があった。そうなるのを恐れているのか、期待しているのか、よくわからない。

あの頃の奔放な自分はとっくに葬り去ったはずだった。なのに、この胸のうずきはなんだろう。まだ女の部分が残っているのだろうか。

そのとき、孝文の一言が脳裏によみがえった。

「おまえも好きにすればいい」

そうよ、私だけが貞淑な妻でいる必要なんてない。孝文は好き放題やっているのだから。こんな言い訳をして、ようやく朝子は逡巡を断ち切った、高鳴る胸を抑えて、聖也の携帯の番号をプッシュした。

灰色の雲が垂れ込め、冷たい風が吹きすさんでいる。美しく色づいた街路樹の葉が風にあおられ、ひらひらと舞い落ちている。もう少し厚手のコートにすればよかったと思いながら、朝子は行き交う車に目を凝らしていた。

十分ほど待った頃、シルバーのジャガーが滑り込んできた。

「ごめん、遅くなって」

「だいじょうぶ、今来たところよ」

朝子が助手席に乗り込むと、聖也はさらりと言った。

「相変わらずきれいだね」

これまでたくさんの男たちにささやかれた言葉だが、彼に言われると新鮮で、どきりとした。

「平日なのにお仕事はいいの？」

「今日はだいじょうぶ。久しぶりの骨休めさ。この半年間、駆けずり回っていたからね」

あんな別れ方をしたのに、顔を合わせたとたん、恋人同士だったあの頃に戻ったような錯覚に陥る。どんな顔をして会えばいいのか、緊張しきっていたのが嘘のようだ。

「まずは食事をしようか。おいしいイタリアンの店があるんだ」

店に着くと、彼は車の外に出て助手席のドアを開け、手慣れた様子でエスコートしてくれた。

その日はスーツではなく、ちょっとラフな感じのツイードタッチのジャケットをまとっている。長身の彼にとてもよく似合い、物腰も洗練されていた。いつのまにこんなにエレガントな男性になったのだろう。

その店も、大人のムードが漂うしゃれたレストランだった。

「あのときはごめん。僕もまだ若かったからショックが大きくて、事情も聞かずに連絡を断ってしまって」

聖也は前菜を口に運びながらわびた。

「いえ、私の方こそ、あんな見苦しいところを見せてしまって」

朝子はあのときの状況を簡単に説明した。

「そうだったんだ。本当に悪かった。僕の早とちりで君に辛い思いをさせてしまったね」

朝子は微笑みながら、首を横に振った。男性と和やかに会話を交わしながら、二人きりで食事を楽しむなんて何年ぶりだろう。心が生き返るような気がした。

思い切って、もっとも気がかりなことを聞いてみる。

「奥様や子どもさんは？」

「ぼくは華の独身貴族さ」

聖也はおどけて笑う。

郵便はがき

料金受取人払郵便

新宿局承認

3971

差出有効期間
2022年7月
31日まで
(切手不要)

160-8791

141

東京都新宿区新宿1－10－1

(株)文芸社

愛読者カード係 行

ふりがな お名前		明治 大正 昭和 平成 年生 歳
ふりがな ご住所	□□□-□□□□	性別 男・女
お電話 番 号	(書籍ご注文の際に必要です)	ご職業
E-mail		

ご購読雑誌(複数可)	ご購読新聞 新聞

最近読んでおもしろかった本や今後、とりあげてほしいテーマをお教えください。

ご自分の研究成果や経験、お考え等を出版してみたいというお気持ちはありますか。

ある　　ない　　内容・テーマ(　　　　)

現在完成した作品をお持ちですか。

ある　　ない　　ジャンル・原稿量(　　　　)

<table>
<tr><td>書　名</td><td colspan="4"></td></tr>
<tr><td rowspan="2">お買上
書　店</td><td rowspan="2">都道　　　　市区
府県　　　　郡</td><td>書店名</td><td colspan="2">書店</td></tr>
<tr><td>ご購入日</td><td colspan="2">年　　月　　日</td></tr>
</table>

本書をどこでお知りになりましたか?

1.書店店頭　2.知人にすすめられて　3.インターネット（サイト名　　　　）

4.DMハガキ　5.広告、記事を見て（新聞、雑誌名　　　　）

上の質問に関連して、ご購入の決め手となったのは?

1.タイトル　2.著者　3.内容　4.カバーデザイン　5.帯

その他ご自由にお書きください。

（　　　　）

本書についてのご意見、ご感想をお聞かせください。

①内容について

②カバー、タイトル、帯について

弊社Webサイトからもご意見、ご感想をお寄せいただけます。

ご協力ありがとうございました。

※お寄せいただいたご意見、ご感想は新聞広告等で匿名にて使わせていただくことがあります。

※お客様の個人情報は、小社からの連絡のみに使用します。社外に提供することは一切ありません。

黒縁の眼鏡を銀縁に変えたせいか、クールな印象を受けるが、笑顔はあのときのままだ。懐かしさに胸がいっぱいになる。あの頃は怖いものなんて何もなかった。自堕落な生活をしてはいたが、未来は大きく開けていると信じていたのだ。

「朝子は?」

「大学を卒業してすぐに結婚したの。翌年子どもが生まれて、もう中学二年生よ」

「そうだよね。いまだに独身ってことはないよね」

肩を落とす彼に、胸をときめかせている自分がいる。いったい何を期待しているのだろう、私は。

彼は、淡々とこれまで歩いてきた道程を語った。T大卒業後、予定どおり当時の通産省に入省したという。

「でも、しょせん官僚は下働きさ。本気で日本を変えようと思うのなら、政治家にならなくてはいけないと悟って、二年前に退職してあのボスの事務所に入ったんだ。今は見習い中ってわけ」

朝子は政治のことはよくわからないが、大きな目標に向かってまい進する彼を、まぶしい思いで見つめた。

それにしても、夫の孝文が夢を語ったことがあっただろうか。ただ同期に負けたくない一心で、がむしゃらに仕事をしてきただけではないのか。目標や夢など聞いた記憶はない。無意識に二人を比べている自分に気づいて、朝子ははっとした。

心地よい時間は流れるように過ぎていった。ふと気が付くと、日がとっぷり暮れている。


「引き止めて悪かったね」

「ううん、楽しかったわ」

彼の車で、待ち合わせた街角まで送ってもらった。

「来月の十五日は完全にオフなんだ。都合はどう？」

車を降りようとすると、彼は当たり前のように聞く。

朝子は迷わず言った。

「だいじょうぶ。何も予定は入ってないわ」

「じゃあ、この場所で。時間はまた連絡する」

ジャガーはハザードランプを二回点滅させると、闇の中に溶けていった。

吹き付ける晩秋の風は氷のように冷たかったが、朝子の心は燃えていた。

10

「裕ちゃん、期末テストの結果どうだった？」

「うん、まあまあ。健太郎君の次」

「二番だったの」

一学期は裕貴がトップだったが、二学期は負けてしまったようだ。いつもなら二番と聞くと悔しくて、その気持ちを押し隠すのに苦労するのだが、なぜかそれほど心が騒がない。冷静にこう言えた。

「健太郎君に負けたのは残念だけど、よくがんばったね」

「まあね」

裕貴は特にライバル意識もないようで、あっさりしている。

そんなことより、セカンドのレギュラーを取れるかどうかのほうが大問題なのだ。三年生が夏の大会で引退して、裕貴は一躍レギュラー最有力候補に躍り出た。隣のクラスの達也と競り合っているらしい。バッティングは勝っているものの、守備では達也のほうに一日の長があるという。

「下級生にもうまいやつがいるから、抜かされないようにがんばらないと」

ふだんはあまり感情を出さない裕貴だが、部活の話をするときだけは熱が入る。今晩のおかずが好物の煮込みハンバーグであることも、口を軽くさせている一因かもしれない。

だが、朝子はいつになく気のない相槌を打つだけだ。

「ママ、どうかしたの。この頃なんか元気ないね」

「だいじょうぶよ。なんでもないわ。とにかく、レギュラー取れるようにがんばってね」

裕貴は不審そうな目を向けながらも、ハンバーグをぱくついた。

裕貴と二人で囲む夜の食卓は、朝子にはもっとも心が安らぐひとときであった。でも、聖也と再会してからは、頭の中は常に彼のことでいっぱいであった。

彼のしぐさや笑顔、涼しい目元、おどけた表情などがよみがえり、陶酔感に襲われる。大切な我が子の話もそっちのけで、頭の中で彼と会話をしてしまう。

あと二週間ほどでまた会える。その日に備えてエステに通い、毎晩パックをするなんて、まるで恋に落ちた少女のようではないかとどぎまぎするが、ときめきは止まらない。

こんな気持ちはすっかり過去に置いてきたはずなのに、まだ自分も女だったのだと思うと、うれしくもあり、恐ろしくもある。

もう、孝文の不倫などどうでもよくなった。孝文は月の半分ぐらいは帰ってくるが、いつも午前様でただシャワーを浴びて寝るだけだ。あとの半分は彼女の家にでも転がりこんでいるのだろう。屈辱にまみれて枕を濡らした日々が嘘のように、あんな地味な女がお好みならどうぞご自由にと、かなり割り切れるようになった。

なんだか、生まれ変わった気分であった。

「きれいねー。星屑が散らばっているみたい」

朝子は眼下に広がるきらびやかな夜景を、うっとりながめていた。これで何杯目だろう。夢見心地で聖也とグラスを重ねる。朝子はかなりの酒豪であったが、さすがに酔いがまわり、頬がほてっている。

その夜はおいしいフレンチを堪能し、十七階のバーに移動して飲み直すことになった。あとはベッドインするだけだからと気が緩み、つい飲みすぎてしまったようだ。少しでも罪悪感を軽くしようと、無意識にあおったのかもしれない。

「夜六時に前回の場所で待ってて。ニューオータニのフレンチレストランを予約しているから」

彼にこう言われたとき、覚悟を決めた。というより、ひそかに待ち望んでいた。

ちょうど冬休みに入っていたので、裕貴は泊りがけで実家に遊びに行かせた。孝文は帰ってくるかもしれないが、放っておけばよい。私が外泊したからといって、彼には文句を言う資格なんてないのだから。

かつての聖也は、若さにまかせて荒々しく攻め立てるだけだった。でもその夜は、彼の指は正確に朝子の快感のツボを探り当て、ときには優しく、ときには執拗に刺激を加えた。全身を愛撫し、いきり立ったペニスで何度も激しく突き刺す。

朝子はぐっしょり濡れ、かつて味わったことのないオーガズムに何度も達して、獣のような咆哮をあげた。終わったあとは疲れ果てて、もうピクリとも動けなかった。

「よかった?」

彼がささやく。

「すごく」

朝子もささやき返す。

孝文とはかれこれ七、八年はレスが続いており、セックスの喜びなどすっかり忘れていた。だが、三十七歳にして、突然新たな世界が開けたのである。

それからは、会うたびに体を重ねるのがあたりまえになった。朝子は官能の海に溺れ、これまでの渇きを取り戻すかのようにセックスをむさぼった。

ときには夕暮れに電話がかかってくることもある。

「時間が空いたんだけど、どう?」

朝子はあわてて裕貴の夕飯を用意すると、待ち合わせ場所に駆け付け、つかの間のセックスを楽しむ。月に数回の逢瀬が週に一度、二度と増え、朝子の生きがいになるまで、そう時間はかからなかった。

急に夜の外出が増えた朝子を、裕貴はいぶかしんでいるようだが、特に何も言わなかった。聖也の誘いにいつでも応じられるように「ママの帰りが遅いときは、ピザを頼んでいいからね」と言い含めた。大好物なので、裕貴はむしろ朝子の不在を喜ぶようになった。

セックスをして帰った日は、朝子は裕貴の顔をまともに見られない。なんてダメな母親なんだろうと自分を責めながらも、彼の声を聞くと、体がうずいて会わずにはいられない。そして、このまま死んでもいいと思うほどの快感に酔いしれる。

その反動か、会えない日は寂しくてたまらない。彼とのセックスを思い返して何時間も妄想にふける。もう、セックス以外のことは考えられなくなっていた。

その日は底冷えがして、朝子はストーブの前から離れられなかった。この一週間、彼からの連絡はない。朝子はひたすら携帯が鳴るのを待つしかなかった。トイレに行くときも、お風呂に入るときも、常に携帯を離さない。

今日も誘いはなさそうだと諦めかけた頃、ひそやかに携帯が鳴った。

「朝子、会いたかったよ。これからどう?」

「すぐ行くわ。待ってて」

あわててメイクをし、お気に入りのコートをはおって家を飛び出す。

三十分ほどでいつもの街角に到着した。ところが、シルバーのジャガーはいっこうに姿を見せない。何かあったのかと不安に駆られていると、メールが届いた。

「ごめん。待たせてしまって。急にボスから呼び出しをくらって行けなくなった。この埋め合わせは必ずするから」

ハートマークが付いてはいたが、朝子はすぐには立ち直れないほど落胆した。彼と会えると思っただけで濡れてくる、この体をどうすればいいのか。

悄然として、近くのバーに入った。アルコールでも飲まなければ動けない。何もやる気になれなかった。急ピッチでハイボールをあおっていると、カウンターの隅のほうから、ハイボールがゆるやかに朝子の前に滑り込んできてピタリと止まった。

バーテンが「あちら様から」と、奥にいる男を指差した。その見知らぬ男はちょっと身を乗り出して、よろしかったらどうぞという仕草をした。

四十代ぐらいの、ラフな上着をはおった遊び人ふうの男だった。下心がありそうに見えたが、朝子は断らなかった。

二人でしばらく飲み、すっかり夜の帳が下りた頃、案の定男は誘ってきた。

「俺の車で送っていくよ」

まずいことになるとわかってはいたが、朝子はうなずく。体が欲して抑えきれない。だからしかたないじゃないと、自分に言い訳をする。

男は朝子を車に乗せると、ラブホテルに直行した。部屋に入ったとたん、待ちきれないとばかりせかせかとズボンを下ろし始める。スマートさのかけらもないその態度を、朝子は白けた思いで見つめた。

私はいったい何をしているのだろう。逃げなくては。

そのとき、男が朝子の口の中に自分の硬いものを押し込んできた。朝子はゲッとそれを吐き出しながら、男を突き飛ばす。

「なんだよ。おまえ、これが欲しかったんだろ」

そうだけど、あなたのじゃないのよ——。

予想外の反撃に、男がバランスを崩してぶざまに尻もちをついている隙に、朝子はすばやく立ち上がってバッグをつかんだ。

「おい、待てよ。このあばずれ！」

怒声を背に部屋を飛び出し、よろめきながらも全力で走って逃げる。

家に帰りつくとすぐさま口を入念に洗い、熱いシャワーを浴びた。全身が汚れている気がした、

このままでは私はセックスの奴隷になってしまう。暗澹とした気分で、その夜はいつまでも寝つけなかった。

11

やわらかな日差しが降り注ぐ季節になり、近隣の桜も一斉に満開になった。はらはらと花びらが舞い散るのをながめていると、この数ヵ月の出来事が幻のような気がする。

「ママ、今度の大会からレギュラーだよ」

「よかったわね。やったじゃない。試合があるときは応援に行くからね」

三年生になった裕貴は、部活も勉強も順調のようであった。

孝文は相変わらず帰ったり帰らなかったりで、不倫を続行中のようだ。けれど、朝子は以前ほど憎しみや嫉妬という感情に振り回されなくなった。聖也のおかげで女としての自信を取り戻せたからだ。

でも、あんな平凡な女より自分のほうがずっと魅力的だと、孝文に認めさせなくては気がすまない。なんとかして見返してやりたいという思いは募るものの、どうすればいいのかわからない。

聖也と密会して深夜に帰宅したとき、玄関先で孝文と鉢合わせしたことがある。彼はぎょっとした表情で何か言いかけ、結局口をつぐんだ。朝子の異変に気づいているはずだが、見て見ぬ振りをしている。自分も不倫している身だから、言いたくても言えないのだろう。

友人も、朝子の微妙な変化を感じ取っているようだ。

「朝子さん、この頃なんだか生き生きしているわね。ますますきれいになったみたい。恋人でもできたの？」

真由美の冗談に思わずどきりとする。

「そんなわけないでしょ。四捨五入すればもう四十よ」

「いえいえ、朝子さんはとてもそんな年には見えないわ。私も見習わないと」

真由美は息子の翔太の教育をめぐって夫と衝突したうえ、浮気問題も抱えている。意気消沈しているのではないかと案じていたが、意外に表情は明るい。

「主人とは冷戦中なんだけど、この頃翔太が勉強するようになったのよ。ちょっとやる気が出てきたみたい。部活のサッカーもがんばっているし、少しずつ口もきいてくれるようになったわ」

「まあ、よかったわね。真由美さんの気持ちが伝わったのね」

「そうだといいんだけど。勉強、勉強って、ガミガミ言わなくなったからかな。やっぱり、子どもの気持ちを無視して無理にやらせようとしたってうまくいかないわよね。子どもには子どもの意思とか考えがあるんだから」

「本当にそうよね」

「このまま見守って、どの道に進もうと応援してやろうと思うの。そう決めたら、気持ちがすごく楽になったわ。主人との戦いは続くけど、主人より息子のほうが何千倍も大切だものね」

もう、完全に吹っ切れたのだろう。真由美はしっかり前を向いていた。その晴れ晴れとした表情を見ていると、朝子は逆にだんだん気が沈んできた。

真由美は母親としての責任をきちんと果たそうとしている。それに引き換え、朝から晩までセックスのことばかり考えている私。母親失格なのではないかと罪悪感に打ちのめされる。

けれど、いったん刺激的な世界に足を踏み入れると、かつての退屈な日常に戻るのは耐えがたかった。

12

街は軽装のカップルであふれていた。頬をなでる優しい風に誘われたのか、早くもタンクトップ姿の若者もいる。

朝子は春らしいワンピースを新調しようと、デパートのブティックで試着をしていた。

顔見知りの店員が、すかさずすすめる。

「華やかで、すごくお似合いですよ」

光沢のあるシルクウールのピンクのワンピース。さりげないグレンチェックが上品だ。顔が明るく見え、シルエットも美しい。

「いただくわ」

一目で気に入り、朝子は迷わず決めた。

いい買い物ができたと思うと、心が浮き立つ。食品売り場では、肉や野菜、果物を大量に買い込んだ。このところ手抜き料理ばかりだ。たまには裕貴においしいものを食べさせてあげなくちゃ。

久しぶりに明るい気分で買い物をし、地下の駐車場に戻った。愛車に荷物を積み込む。運転席に座り車を発進させようとしたそのとき、突然見知らぬ男が後部座席のドアを開けて転がり込んできた。

「どなた？　降りてください」

朝子は相手の勘違いだと思い、戸惑いながら声をかけた。

「車を出して屋上に行け」

男は身を乗り出し、朝子の耳元ですごんだ。

足元から恐怖がこみ上げ、膝ががくがく震え出した。

「降りてください。人を呼びますよ」

しかし、地下の駐車場には人影はなく、車を壁に寄せすぎて運転席のドアを思い切り開けて飛び出すこともできない。

「屋上に行けって言ってるだろ。早くしろ！」

男の臭い息が顔にかかる。言うとおりにしなければ、何をされるかわからない。朝子は震えながら車をゆっくり発進させ、屋上へと上り始めた。恐怖が背中に張り付き、全身が硬直する。

三階ぐらいまで上ったとき、目の端に人影が映った。とっさに朝子は急ブレーキをかけ、ドアを開けて転がり出た。

「助けて！」

必死に叫んだつもりだったが、恐怖でかすれた声しか出ない。

「こいつ、なめたまねしやがって」

男は朝子の髪をひっつかんで押し倒し、馬乗りになった。

殺される――。

朝子は夢中で叫んだ。

「いやー！　やめて！　助けて！」

誰かが駆け寄ってくる。

男は舌打ちをし、朝子を放して逃げた。

「どうしました？　だいじょうぶですか」

若いカップルが心配そうにのぞきこんでいる。安堵のあまり涙がこぼれ、言葉にならない。朝子はひたすら泣きじゃくった。

「男の特徴を覚えていますか」

中年の警官は気遣ってくれているのか、優しいまなざしで尋ねる。

「怖くてあまり覚えていないんです。三十代ぐらいの長髪の男で、眼鏡をかけていたと思います」

「実はこの近辺で、同じような被害が何件か報告されているんですよ」

女性の運転する車にいきなり乗り込み、適当な場所まで移動するように命じて、そこで乱暴するという手口らしい。

「怖い思いをされたとは思いますが、未遂に終わってよかったですね」

といっても、朝子は飛び出したときに膝を強打し、激しい痛みで満足に歩けない。精神的にも大きなダメージを負った。車は後日引き取ることにして、パトカーで家まで送ってもらった。

玄関のドアを開けようとしたが、手がぶるぶる震えて鍵穴に鍵を差し込めない。左手で右手の手首を強く握りしめ、無理やり震えを抑えてどうにか開けた。

ようやくリビングに入ると、朝子はソファに倒れこんだ。お昼頃帰ってくる予定だったのに、はや日が暮れかかっている。そろそろ裕貴が帰ってくる時間だと思うものの、痛みと疲れで動けない。膝は大きく腫れあがっていた。骨折していなければいいのだが。医者に行く元気もなかった。

裕貴は帰ってくるなり催促する。

「もう腹ペコだよ。寝てないで早くご飯作ってよ」

「ごめんね。今日はピザを取ってちょうだい。ママ、ちょっと疲れちゃったし、膝をけがしたから」

「やったー！　昼間テニスでもして転んだの」

「まあね」

朝子はあいまいにごまかし、その夜は早めにベッドに入った。ところが、目を閉じるとあの男の顔がぼんやり浮かんできて、昼間の恐怖がフラッシュバックする。

アルコールでも飲まないと、とても寝つけそうもない。痛む足を引きずって壁を伝ってキッチンにたどりつき。薄暗闇の中で照明のスイッチをまさぐる。

ふと人の気配を感じた。こわごわ振り向くと、街灯に照らされたキッチンの窓に、黒々とした影が映っている。

窓の外に誰かいる――。

昼間の男が侵入しようとしている。

朝子は半狂乱になって叫んだ。

「裕、裕～、来て！　助けて！」

ドタン、ドタンと裕貴はゆっくり下りてくるなり、不機嫌そうな声で言った。

「なんだよ、こんな夜中に大騒ぎして。ゴキブリでもいたの」

「窓の外に誰かいるのよ」

「そんなわけないじゃん」

「いるわよ。見て、黒い影が映ってる」

「どこに」

「窓よ」

「何も映ってないよ」

そう言いながらも裕貴は窓を開け、辺りを見回して言った。

「やっぱり誰もいないよ。夢でも見たんじゃないの。僕も部活で疲れてるんだからさ、変なことで起こさないでよ」

裕貴は仏頂面で、さっさと部屋に戻っていった。

私の錯覚だったのか、と胸をなでおろしながら窓を見る。

すると、黒い影がもそもそ動いて窓を開けようとしているではないか。

朝子はまた絶叫した。

そのとき、背後で物音がした。振り向くと男が立っている。

恐怖で凍り付き、朝子はパニックになった。

「キャーッ！　やめて！」

「どうしたんだ。何を騒いでいる。朝子、俺だ」

夫の孝文だった。

「あなた、帰ってきたの？」

朝子は孝文の胸にすがりついて号泣した。

「誰かが入ろうとしているの」

しゃくりあげながら、必死に窓を指差す。

孝文はキッチンの照明をつけ、窓を開けて外をうかがう。

「誰もいないよ」

「ほんとに？」

「うん、誰もいない。君の勘違いじゃない？」

どうやら、恐怖が生み出した幻覚だったらしい。

「いったいどうしたんだ」

朝子が落ち着くのを待って、孝文が聞いた。朝子は涙ながらに男に襲われそうになった昼間の顚末を話した。

「そうか、それは怖い思いをしたな。膝をけがしただけですんでよかった」

互いに不倫中とはいえ、一緒に暮らしてきた十五年の歴史がある。孝文は朝子の頭をなでながら、いたわってくれた。

ふだんは寝室を別にしているが、その夜は一人で寝るのは怖くて耐えられそうになかった。

「あなた、今日は客間に布団を敷いて一緒に寝て。お願い」

何年ぶりだろう。孝文の広い胸に抱かれて眠るのは。このとき初めて、朝子は自分の心の奥底にある願いに気づいた。いや、とっくに気づいていたけれど、プライドがじゃまをして認めたくなかっただけかもしれない。

私はいつもこうして眠りたかったんだ。孝文こそ、私の安心のよりどころだった。朝子は、裕貴が生まれて以来、夫をないがしろにしてきたことを悔やんでいた。

自分も不倫したことによって、孝文もまた満たされない思いを抱いて苦悩していたのだと、理解できるようになったのだ。

もう一度やり直したい、そのためには私が素直にならなければ――。そう言い聞かせながら、朝子は眠りに落ちていった。

翌日は日曜日であった。裕貴はトーストと目玉焼きを食べると、野球バッグにユニフォームやグローブを詰めて、いさんで出ていった。今日は他校の野球部と練習試合だという。

「がんばれよ」

と声をかけ、孝文は新聞を読みながらゆっくりコーヒーを飲んでいる。何気ない日常の風景が、朝子の目には新鮮に映った。気恥ずかしいが、このチャンスを逃せばもう修復は不可能だ。

朝子は勇気を振り絞って訴えた。

「あなた。彼女と別れて帰ってきてくれない？　私、やり直したいの。あなたにそばにいてほしいの」

孝文は、驚いた表情で朝子を見つめた。

「夜が怖いからか」

「いえ、そうじゃなくて、私も悪かったと思うの。本当にごめんなさい。これから直していくから、裕貴のためにも、もう一度二人で支え合って生きていけないかしら」

「朝子、もう遅いよ。おまえも男がいるんだろ。そいつに慰めてもらえよ」

孝文はなぜか悲しそうに言う。

「私はあなたとやり直したいの。本当よ。あなたを愛してるの」

「怖い目にあったからそう思うだけだ。俺は着替えを取りに帰ってきただけだ」

孝文は新聞に視線を戻すと、もう朝子を見ようとはしなかった。

孝文は、その日のうちに女の元に帰っていった。

朝子は一人リビングに取り残され、静かに涙をこぼした。もう取返しはつかない——。

13

「まあ、きれいね」

「本当にすてきなお庭。パーゴラのつるバラもあんなに見事に咲いて」

「ちょっと窓を開けて写真撮ってもいい？」

「もちろん」

理沙子がリビングの掃き出し窓を全開にした。

青空が広がり、欅の若葉がみずみずしく萌え出ている。朝子自慢のイングリッシュガーデンでは、色とりどりのバラが華やかに咲き乱れていた。庭が甘い香りに包まれると、五月になったと実感する。

あの事件から三週間ほど経ち、かなり腫れや痛みはひいてきた。だが、膝はまだ紫色に変色したままで、しっかり曲がらない。とうていテニスができるような状態ではないので、欠席の連絡を入れたところ、そろってお見舞いに来てくれたのだ。

三人はそれぞれの携帯で写真を撮り、ひとしきりバラを観賞すると、思い思いにリビングのソファに座った。

「それにしても災難だったわね。膝、どのくらいで治りそう？」

「全治一ヵ月だって。テニスができるようになるまで、もう少しかかりそう」

「焦らないで治してね。私はシングルスでがんばるから、だいじょうぶ」

朝子のダブルスのパートナーの真由美がいたわってくれる。

「宮西コーチも心配なさってたわよ」

「近いうちに、またコーチに連絡しておくわ」

四人でゆっくりお茶を飲むのは久しぶりだ。

あれから、朝子は一人になるのが怖くてたまらない。なので、友人たちの来訪は大歓迎だ。おしゃべりしている間は恐怖を忘れられる。

バラの育て方や流行りのファッション、最近オープンしたお店の情報など、話題は尽きない。当然、三年生になった子どもたちの近況にも話は及んだ。

「そうそう、健太郎君は外部受験するらしいわよ」

理沙子の娘の彩花は健太郎と同じクラスで、母親同士もけっこう仲がいい。

「へえ、健太郎君は優秀だものね。どこの高校を受けるのかしら」

美保が興味津々といった様子で聞く。

「K高校だって」

「あら、すごいわね。そういえば健太郎君、バスケ部のキャプテンだったのに部活やめちゃったそうよ」

「受験勉強が忙しくて、それどころじゃなくなったんでしょうね」

聞かれる前にとばかりに、真由美が切り出す。

「うちは外部受験やめたわ。翔太の今の成績じゃ無理っぽいし、内部進学させて、大学に行くときにまた考えるわ、本人の好きなようにさせようと思うの」

「まあ、そうなの？　たしかに無理させないほうがいいと思うけど。真由美さん、よく決断したわね。いいお母さんね」

理沙子にほめられて、真由美は頬を染めた。

総合病院を経営している朝倉家の事情は、みんなよく知っている。跡取りの翔太は外部受験をして医大を目指すのだ、と誰もが思っていた。

朝子も真由美から打ち明けられたときは、その決断に驚かされたが、母親として子どもを守ろうとする姿勢をまぶしく思ったものだ。

美保が朝子に話を振った。

「お宅の裕貴君はどうするの？　ライバルの健太郎君が外部受験するのなら、裕貴君もどこかいいところ狙ってるんじゃない？」

「いえ、今のところ、特に外部受験は考えていないけど」

「そう、あんなに優秀なのにね」

夕暮れまでにぎやかにしゃべって、三人は帰っていった。とたんにリビングは静まり返る。朝子は急いでテレビをつける。何か音が出ていないと不安なのだ。あれから、幻覚を見たりしないように、寝るときも寝室とキッチンの照明はつけっぱなしにしている。膝のけがも心の傷も、癒えるまでまだかなりの時間がかかりそうだ。

晩ご飯の支度をしながら、朝子は思いをめぐらせた。

いつも裕貴とトップ争いをしている健太郎がK高校を受験する。彼が受けるのなら、裕貴も受けさせたらどうかしら。もし合格できれば、あのときの悔しさを晴らせる。

友人たちには秘密にしているのだが、実は裕貴も翔太と同じく、小学校に入るときK小学校を受験して落ちていた。

不合格だからといって、孝文は、真由美の夫のように朝子を罵倒したりはしなかった。

「そうか、残念だったな」

と一言漏らしただけだった。

しかし桐谷家は、夫も二人の義弟も、兄弟そろって小学校から大学までK校だ。義父母は、自分たちが中卒で学歴がないことを気にしていたらしく、息子たちには惜しみなく教育費をつぎ込んだ。彼らが皆、K校卒であることを誇りにしていたのである。

当然、初孫の裕貴への期待も大きかった。なのに、あえなく不合格。口には出さずとも、何か思うところはあったはずだ。朝子はしばらく肩身の狭い思いをした。ただ、本人がけろりとしていたのが救いであった。

裕貴がK高に合格してK大に入り、聖也のような高級官僚になったら、もしくは起業して経営者になったら、母としては鼻高々だ。真由美に、子どもの意思を尊重しなくちゃ、などと言ったことなどすっかり忘れ、朝子の夢想は広がる一方だった。

夕飯ができあがる頃には、すっかり心は決まっていた。健太郎が合格するのなら、裕貴だって受かるはずだ。

裕貴はいつものように日が暮れるまで部活に励み、おなかをすかせて帰ってきた。一緒に食卓を囲みながら、朝子はいそいそと切り出した。

「裕ちゃん。ママ考えたんだけどね、外の高校を受けてみたらどうかしら。まだ五月だし、今からがんばれば間に合うでしょ」

「えーっ！　なんで突然。僕はこのままでいいよ」

「だって健太郎君はK高を受験するんだって。あの子が受かるのなら、裕貴だって受かるわよ。いつもトップ争いしてきたんだから」

「健太郎君がどうしようと、僕に関係ないでしょ。僕は受ける気ないから」

「そう言わないで、ちょっと考えてみて」

「うるさいな。ほっといてよ」

裕貴はまったく耳を貸さない。不機嫌になり、そっぽを向いた。食事が終わると、そそくさと二階に上がっていった。

朝子は諦めなかった。

「ねえ、裕ちゃん。あなたの将来のためにママは言ってるの。今はうるさいと思うかもしれないけど、いつか、あのときママの言うとおりにしておいてよかった、と思うときがきっとくるはずよ」

「もう、何度言ったらわかるの。僕はその気はないから、ほっといてって言ってるじゃないか」

二人のせめぎ合いは続き、それまでは母子関係はよいと思っていたが、険悪な空気が漂い始めた。それでも朝子は粘り強く説得を重ねた。それが裕貴のためになると信じていたし、自分の存在意義はそこにしかないと思い詰めるようにもなっていた。

孝文には捨てられ、膝が治るまで聖也にも会えない。心の空白を埋めてくれるものは、他に何もなかったのだ。

「ねえ裕、これ見て。K大を卒業したら、あなたの好きな会社に就職できるわよ。ほら、みんな一流企業に入っているし、学生時代に起業して成功している人もいっぱいいるわ」

「今ちょっとがんばれば、未来が大きく開けるのよ。せっかくそんなに成績がいいんだから、チャレンジしてみましょうよ」

あまりにもしつこい母親に根負けしたのか、チャレンジしてみたい気持ちが芽生えたのか、裕貴はついに折れた。

「もう、わかったよ。そんなに言うのなら受けてみるよ」

「よかったー。裕なら絶対合格するわよ。じゃあ早速家庭教師を雇うわ。塾にも行ったほうがいいわね。部活はやめないと。やってる暇ないものね」

「えーっ！　それはいやだ。やっとレギュラーになったのに。部活は夏の大会までやるから」

「ダメよ。そんなに時間はないんだから」

「だったら、外部受験なんかしない」

こうしてまた振り出しに戻る。

「K高は野球部が強いから、入ったら甲子園を目指せるわよ」

「K大は六大学よ。野球部に入ったら、大勢の観客の前で野球ができるのよ。きっと楽しいわよ」

などと説得を繰り返して、最終的に裕貴が了承したときには、もう五月は終わろうとしていた。すぐにT大生の家庭教師を雇い、平日、週に二日教えてもらう手はずを整えた。あとの三日は進学塾に通わせることにした。

ここまでやれば裕貴なら絶対に合格する、と朝子は確信した。

14

梅雨に入り、蒸し暑い日が続いている。じっとしていても背中が汗ばみ、携帯を握る手もじっとり濡れていた。

「なんで？　ようやく膝のけがも治ったのよ」

「いや、僕も会いたいけど、仕事が忙しいんだよ。今、日本は大きな転換期を迎えているから」

日本のことより私のことを考えてよ、という言葉をぐっとのみ込んで訴える。

「でも、もう二ヵ月以上も会ってないのよ。ほんのちょっとでもダメなの？」

「うん、ごめん、ごめん。また連絡するから」

多忙とわかっていても、すがりついてしまう自分が腹立たしい。でも、この数ヵ月、どんなに会いたかったことか。聖也も同じ思いでいてくれると信じていたのに、連続して断られている。

あの事件以来、明かりをつけていても眠れず、朝子は不眠に悩まされていた。寝酒のつもりでワインやハイボールをあおると、逆に脳が興奮するのか、寝てもすぐに目が覚め、まったく寝た気がしない。寝る前にストレッチをする、呼吸法をする、羊の数をかぞえる、温めた牛乳を飲む、好きな音楽を聴くなど、不眠に効果的といわれる方法をいろいろ試してみた。

けれど、眠気は訪れるものの、もう少しのところで引き戻されてしまう。どうしても眠りに落ちることができない。悶々と寝返りを繰り返しているうちに、白々と夜が明けてくる。

こんな日々が続き、ベッドに入ると今日も眠れないのではないかと不安に襲われ、緊張してまた眠れないという悪循環に陥っていた。

あまりにも辛いので、メンタルクリニックに足を運んだ。医師は朝子の症状を一通り聞くと、睡眠導入剤を処方してくれた。

「寝る前に一錠飲んでください。もし大量に飲んでも、この薬で死ぬことはありません」

真顔でこう言われて面くらった。

「はい、私も死ぬ気はありません」

薬はかなり強力らしく、その夜から眠れるようになった。だが、強制的に眠らされている感じで、快い睡眠とはほど遠かった。

聖也が抱いてさえくれれば、激しいセックスをすれば、何もかも忘れて安眠できるにちがいないのに……。多忙な彼が恨めしかった。

会えないと思うと、よけいに下半身がうずき、欲情がほとばしる。どうにも抑えられず自分で慰めていると、玄関ドアが開く音がした。裕貴が帰ってきたようだ。朝子はすばやく母親の顔に戻った。

この状況をなんとかしなくてはと、朝子は膝のけがで休んでいたテニスを再開することにした。不眠を解消できるかもしれないし、気分転換にもなる。

ずっと真由美たちと一緒に四人でグループレッスンを受けていたのだが、三ヵ月のブランクがあるので、リハビリも兼ねて当面は個人レッスンを受けることにした。

「しばらく個人レッスンを受けて、調子が戻ったらみんなと合流するわね。それまで、ちょっと待ってて」

「わかった。無理しないで。朝子さんが帰ってくるのをみんな楽しみにしてるからね」

真由美たちの了解も取り付け、宮西コーチにレッスンを頼みに行った。

「けがが治ってよかったですね。戻って来られるのをお待ちしていました。では、週に一回レッスンをしながら、ゆっくり体を整えていきましょう。無理は禁物ですからね」

スポーツマンらしい爽やかな笑顔だ。なるほど、木村拓哉に似ていると、皆が騒ぐのもわかるような気がする。

テニスを習い始めて五年は経つが、十歳年下のこのコーチを一度も男として意識したことはなかった。

しかし対面で間近に接すると、宮西コーチには、クールで都会的な聖也とは異なる魅力があると気づいた。日焼けした肌、清潔な真っ白な歯、適度な筋肉がついたしなやかな肉体……。

軽く雑談をしてみたくなり、ひやかすように聞いてみる。

「新婚生活はいかが」

「ええ、まあ、楽しくやっています」

コーチは照れくさそうに笑う。

「奥様、すごくお美しいんですってね。どこで知り合ったんですか」

朝子がいつになくフランクに話しかけてくるので、コーチは戸惑っているようだ。困惑しながらもうれしそうなその表情も、ちょっとかわいいと思ってしまう。

聖也に開拓された肉体が、男のオーラをより敏感に察知するようになったのかもしれない。朝子は自分がいちばんきれいに見える角度を意識しながら首を傾げ、こびるように言った。

「私、以前からコーチにマンツーマンで教えていただきたいと思っていたんです」

「そ、そうですか。それは光栄です」

明らかにコーチはどぎまぎしている。今日のところはこのあたりで止めておこう。

「では、来週からよろしくお願いしますね」

朝子が雑談を打ち切ると、コーチはほっとしたような表情でぎこちなく笑った。

15

夏休みに入ると、早速塾で保護者面談があった。

「裕貴君はがんばっていますが、受験勉強に取り掛かるのが遅かったので、この夏休みにどれだけ追いつけるかが勝負です。できるだけ勉強しやすい環境を整えてあげてください」

「はい、わかりました。先生、うちの裕貴、合格しますよね」

「もちろん、全力でサポートします。ただ、K高は偏差値が高くて難関ですからね」

講師が「だいじょうぶ、合格します」と太鼓判を押してくれなかったのがちょっと不満ではあったが、裕貴の受験勉強は順調に進んでいるようであった。

夏休み中は、塾の夏期講習が三週間、それ以外の平日は、朝九時から夕方五時までT大生の家庭教師による自宅学習となっている。さらに夕食後から夜中まで自主勉をする、というハードスケジュールだった。これまでこんなに勉強したことはないので息切れしないか心配したが、裕貴は黙々とこなしていた。

こんな裕貴のがんばりに応えるため、朝子も母親としてできることはなんでもやろうと意気込んでいた。

真夏になる前にエアコンを最新式のものに取り換え、参考書や問題集も欲しいというものはすぐに買いそろえる。食事は、ふだんにも増して栄養バランスのよいものを作るように心がけた。サンドイッチやおにぎり、煮込みうどんなどの夜食も欠かさず用意し、裕貴の大好きなサイダーとアーモンドチョコも常備した。さらに、夏期講習中は弁当が必要になる。子どもの弁当作りなんて初めての経験であったが、朝早くから起きて腕を振るった。

一分一秒無駄にしないように、塾の日は朝子が車で送り迎えをする。裕貴を合格させるという目標ができたことで、生活に張り合いが出てきた。

孝文は裕貴がK高を受験すると聞いても、特に賛成も反対もしなかった。

「裕貴がそうしたいというのなら、そうすればいいさ」

「あなた、裕貴があんなにがんばっているのに、他にもっと言いようがないの」

「裕貴には裕貴の人生があるんだ。俺は口をはさむ気はない。やつが自分で選択して、道を切り開いていけばいいことだ。まさか、おまえがごり押ししたんじゃないだろうな」

「そりゃ、受けたらとすすめはしたけれど、最終的には裕貴が決断したのよ。なぜそんなことを言うの」

「あまりにも突然だからさ」

孝文は疑わしそうな目で朝子を見たが、それ以上何も言わなかった。

絶対合格させてこの人の鼻を明かしてやる、と朝子は心の中で誓った。裕貴だって、K高に行ける実力があるんだから。

本人より、朝子のほうが受験に燃えていた。

「そろそろ、塾に迎えに行かないと」

「もう？　もう少しいいんじゃない？」

宮西は朝子の乳房に指をはわせながら、首筋に唇を押し付ける。

「亮ちゃん、私だってもっといたいけど、今息子はいちばん大切な時期なの。この夏休みが勝負なの。がまんしてね」

朝子は宮西の頬を軽くつついた。

テニスの個人レッスンを受け始めてまもなく、朝子は宮西を籠絡した。新婚で美人妻を持つ彼は、意外に簡単に朝子の誘いに乗ってきた。人妻ならあとくされがなくて、火遊びにはちょうどいいとでも思ったのかもしれない。

聖也は多忙を極めているらしく、この夏は結局二回会っただけだ。その寂しさや物足りなさを宮西とのセックスで埋めていた。

聖也と宮西は、まるでタイプが違う。

聖也はいつもスマートだ。食事をするときは都内のしゃれたレストランや夜景が美しいバー、高級感あふれる会員制の名店に連れていってくれる。セックスもテクニシャンであったが、朝子を楽しませる雰囲気づくりも巧みだった。

一方、宮西には鍛え上げた肉体と若さがある。ムードはないが、がむしゃらなセックスで朝子を満足させてくれた。彼は朝子の肉体にのめりこみ、妻にはできないプレイや体位を要求した。それが強烈な刺激となり、聖也のときとはまた違うエクスタシーを感じて、朝子はセックスに溺れた。

帰宅して、裕貴が必死に勉強する姿を見ると激しい罪悪感に襲われる。だが、麻薬のようなもので、体が欲してどうしてもやめられない。

よい母親の顔とあばずれの娼婦のような顔――。相反する二つの顔を操るのは危うい作業だ。いつか暴かれるときがくるのではないか。朝子は常にそんな不安におびえるようになった。

そのせいか、幻覚を見なくなってからも、睡眠剤を手放せなくなっていた。無理やり眠っているときだけが、朝子の安息の時間であった。

16

夏休みが終わり二学期に入ると、外部受験組はピーンと張りつめた空気を漂わせるようになる。健太郎と裕貴以外にも、何人か受験組がいるようだ。

夏休みのがんばりがきいて、裕貴の偏差値はかなり上がった。

「もう少しですね。この調子でがんばっていけば、合格をたぐり寄せられるかもしれません」

三十代半ばぐらいの塾の講師は、にこやかに言った。

「裕貴、合格できるんですね」

朝子は躍り上がって喜んだ。

「いや、断定的なことは言えません。これからのがんばりしだいです」

朝子の喜びように困惑したのか、講師はトーンを落とした。

それでも朝子は、講師から「合格」という言葉が出ただけで、大船に乗った気分になった。もうだいじょうぶ、必ず合格する。

裕貴が学校から帰ってくると、すぐさま声をかけた。

「裕ちゃん、今日塾で面談があったんだけど、先生が『合格できる』っておっしゃってたわよ。夏休みがんばったものね」

「そんなことまだわからないよ。勝手に決めつけないで」

なぜか裕貴は不機嫌である。

「わかったわよ。サイダー飲む？」

朝子は急いで冷蔵庫からサイダーを取り出し、コップに注いで渡す。裕貴は受け取ると、そそくさと二階に上がっていった。

九月から十月にかけては運動会や文化祭などの学校行事が続き、気が散りがちだ。受験するからといって参加しないわけにはいかず、朝子はやきもきしながら裕貴を見守った。

この頃から、裕貴は口数が少なくなった。夕食も黙々と食べて、塾のある日はすぐに出かける。朝子が車で送ろうとしても、「自転車で行くからいい」と拒まれるようになった。

受験勉強が山場を迎え、気持ちに余裕がないのだろう。裕貴の心を乱さないようにと気を遣い、息が詰まるような日々であった。

朝子はそのストレスをセックスで発散していた。今日は久しぶりに聖也とのデートだ。澄み切った空にうろこ雲が浮かび、からりとした風が肌に心地よい。あれからずいぶん時間が経った、と朝子は改めて思った。

前回聖也と会ったときは残暑が厳しく、日傘をさしていたものの、アスファルトから熱気が立ち上り、汗だくになったものだ。二ヵ月ぶりの逢瀬に、浮き立つ心を抑えきれない。まだかまだかと目を凝らしていると、見慣れたシルバーのジャガーが姿を現した。待ちぼうけを食わなくてよかった。朝子は思わず手を振った。

「お待たせ」

「お久しぶりね」

朝子がいそいそと乗り込むと、ジャガーは軽快に走り出す。

「今日はちょっと、三浦半島までドライブしよう」

「えっ、時間はだいじょうぶなの?」

「うん。いつもあわただしくて申し訳ない。今日はゆっくりしようと思って」

多忙を極める彼がドライブに誘ってくれるなんて、予想外の展開に心が弾んだ。

高速道路に入ると、車はぐんぐん加速した。

海面が陽光を受けて銀色にきらめき、穏やかな波が岸を洗っている。彼方にサーフィンを楽しむ人の姿が見える。五、六人のサーファーが海辺に近づいたかと思うと、はるか遠くの波間に消えていく。

朝子はブルーの外壁が目を引くレストランで、海を眺めながら新鮮な魚介類に舌鼓を打っていた。ここ何ヵ月も、こんなにゆったりした気分で食事をしたことはない。あまりにも幸せすぎて怖いくらいだ。

食後のデザートを食べていると、突然聖也が切り出した。

「朝子、話があるんだ」

「何?」

「今日で終わりにしよう」

「えっ?」

一瞬時間が止まったような感覚に陥り、言葉が出てこない。朝子は呆然と聖也を見つめた。

「実は、ボスの長女と結婚することになったんだ。いずれ僕は地盤を継いで国会議員になる。いよいよ夢の実現に向けて一歩踏み出すんだ。わかってくれるよね。もし君とのことがばれたら、大変なことになる」

「だから今日は用心して遠出したの？」

「そういうわけでもないけど」

いつになく聖也は歯切れが悪い。

今日朝子を郊外に連れ出したのも、最近なかなか会えなかったのも、そういうわけだったのだ。仕事が忙しいという言い訳を真に受けて、ひたすら電話を待っていたなんて、ばかな私――。

中学生の子どもがいる自分が彼と結婚できるわけもなく、いずれ終わる関係だとわかってはいた。でも、たった一年で破局を迎えるなんて、思ってもみなかった。

彼の態度があっさりしているのも、朝子の心を深く傷つけた。しょせん私たちは単なるセックスフレンドだったのだ。私は何を期待していたのだろう。

「そう、よかったわね。おめでとう。この一年楽しかったわ。ありがとう」

朝子は涙をのみ込んで、精いっぱい虚勢を張った。それに気づいたのか、気づかぬフリをしているのか、彼は微笑んで言った。

「僕も楽しかった。朝子と再会できてよかったよ」

帰途、朝子は黙りこくってほとんどしゃべらなかった。口を開くと、うっかり涙をこぼしてしまいそうで怖かった。話のわかる彼女として、きれいに別れなくては。

夕闇を突いて車は疾走する。

いつもの街角で朝子は車を降りた。

「じゃあ、お幸せに」

聖也は笑顔でうなずく。ハザードランプを二回点滅させると、車は瞬くまに視界から消えた。

17

秋が深まるにつれ、裕貴は物憂げな表情でふさぎ込むことが多くなった。

「どうしたの。何か困っていることがあったら、なんでもママに言ってね。お友達と喧嘩でもしたの」

「別に」

朝子が話しかけても取り付く島もない。大切な時期なのにいったいどうしたのか、朝子が不安に駆られていると孝文が言った。

「この頃、裕貴の表情が暗いぞ。無理させてるんじゃないのか」

「そんなことないわ。偏差値も上がってきているし、塾の先生も『合格できる』っておっしゃっているのよ。週に一、二回しか帰らなくて父親らしいことを何もしていないのに、よけいなことを言わないで」

朝子の剣幕に、孝文はげんなりした表情で押し黙った。

数日後、朝子はリビングで家庭教師の浦田と向き合っていた。裕貴は二階にいる。孝文は帰宅していない。チャンスだと思い、授業を終えて帰ろうとするところを引き留めたのである。

「この頃裕貴の様子がちょっとおかしいように思うのですが、何かお気づきのことはありませんか」

浦田はうーんと考え込み、二階を気にしながら口を開いた。

「言いにくいのですが、裕貴君は勉強に行き詰っています。彼にもプライドがありますし、ご両親の期待に応えたいという思いもあって、口に出せずに苦しんでいるのではないでしょうか。このままではK高校は難しいかと。志望校の変更を検討されてはどうでしょう」

「えっ。だって塾の先生は『合格できる』っておっしゃったのよ」

「合格の可能性があると言われただけでは？」

朝子は激高した。

「まあ、失礼な人ね。たしかにそうおっしゃったのよ。あなた、もう半年ぐらいも裕貴に教えてくださっているのよね。教え方が下手なんじゃない？」

「いや、僕は全力で教えています」

「ならなんで裕貴が行き詰まるの？　もし落ちるようなことがあったら、あなたの責任よ！」

「あまり大声を出されると、裕貴君に聞こえてしまいますよ。今日はもう失礼します。落ち着いてお話できそうにありませんから」

浦田はさっと立ち上がると一礼して、逃げるように帰っていった。

朝子のイライラはおさまらない。裕貴が落ちるなんてことがあってはならない。裕貴の外部受験は、今ではクラスの保護者たちも友人たちも知るところとなっている。失敗したら朝子の面目は丸つぶれだ。何より、孝文が腹の中でせせら笑うのではないかと思うと、頭に血が上る。

翌日、朝子は塾の講師に面談を申し込み、アポイントを取り付けた。

面談日は、暗い冬の訪れを告げるような木枯らしが吹きすさんでいた。K高の受験日まであと二ヵ月ほどしかない。

すがりつく思いで朝子は尋ねた。

「先生、裕貴は合格しますよね」

「そうなるように懸命に指導していますが、このところちょっと伸び悩んでいますね」

「どういうことですか」

「残念ながら、合格圏内にはまだ達していません。あと二ヵ月ありますから、なんとか追い込んでいきたいと思っています」

「でも、前回の面談では、合格できるとおっしゃいましたよね」

「合格の可能性はあるのでこれからのがんばりしだい、と申し上げたつもりですが」

「あいまいなことをおっしゃらないでください。本当のところはどうなんですか」

「率直に申し上げると、K高はちょっと厳しいかもしれません。ですので、滑り止めもお考えになったほうがいいでしょう」

「今さらそんなことを言われましても。K高でなくちゃ意味がないんです。滑り止めなんか受けさせません。とにかくK高に合格させてください」

「お気持ちはわかりますが、万一不合格になったときに、行くところがないと困ります。一校だけでもご検討されては？」

「いえ、裕貴は絶対に合格しますから必要ありません」

朝子の断固とした口調にのまれたのか、塾の講師はそれ以上すすめなかった。

「わかりました。ご期待に添えるように、できるだけの努力をします」

「よろしくお願いします」

朝子は憤慨しながら面談室を後にした。

「今頃になってそんなこと言うのよ。ちょっとひどいと思わない？　うちの裕貴を見くびって」

「そうだね。でもプロがそう言うのなら、滑り止めも受けさせてあげたら？　そのほうが、息子さんは安心してK高にチャレンジできるんじゃない？」

「亮ちゃん、あなたまでそんなこと言うの。裕貴は落ちないからだいじょうぶ」

朝子は宮西の口の中に舌を差し込み、言葉を封じた。

聖也と別れてから、鬱憤やストレスがたまると宮西を呼び出してセックスをするのが、習慣になりつつあった。宮西はコーチングの合間を縫って、朝子の指定するラブホテルに駆け付けてくれる。

荒々しいセックスが終わったあとは、スポーツをしたかのような爽快感があった。シャワーを浴びて全裸のままでベッドに寝ころび、余韻を楽しんでいると、宮西がまた首筋に唇を押し付けてくる。

「亮ちゃんたら。シャワーも浴びたんだし、今日はもうおしまい」

朝子は笑いながら、上半身を起こした。

「そろそろ行かないと、次のレッスンに遅れるんじゃない？」

「あっ、そうだ、急がなくちゃ。今年最後のレッスンなんだ。そうそう朝子さん、妻が妊娠したんですよ」

「えっ。あら、そう。おめでとう」

「なので、来年から妻の実家の近くのテニススクールで教えることになったんです。残念ですが、もう会えませんね」

宮西は急いで服を着ると、「じゃあ、お元気で」と満面の笑顔を残して去っていった。全裸で一人部屋に取り残された朝子は、あっけにとられるばかりであった。

18

男たちは、疾風のように通り過ぎていった。

虚しさは残ったものの、宮西にあまりにも軽く別れを告げられたので、朝子は憑き物が落ちたような気がした。

この一年ほどは、ひたすら物狂おしい日々だった。みだらな妄想にふけり、ただセックスを追い求める女になっていた。それは、朝子を裏切った孝文へのあてつけだったのかもしれない。自分を女として認めてほしい、という心の叫びだったのかもしれない。

すっかり葉が落ち、寂しくなった冬の庭を眺めているうちに、しだいに心が静まってきた。裕貴が小さい頃は、十二月になると、庭木やフェンスにイルミネーションを飾り付けたものだ。木のてっぺんに飾ろうとして、孝文が梯子から落ちてしまったこともあったっけ。幸いにもちょっとすりむいただけですんで、彼は照れくさそうに笑った。カラフルなライトが庭をキラキラ照らし始めると、裕貴は大喜びで走り回っていた。

でも、今年はクリスマスツリーさえ出さなかった――。

今まで私は何をしていたのだろう。自分の命に代えても守りたい裕貴がいるのに。誰が何と言おうとK高に入れなくては。朝子は決意を新たにした。

十時になったので、いつものように夜食を持っていくと、裕貴はベッドに寝ころんでいる。

「あら、今日は勉強は休み？」

「もうすっかりいやになった。受験はやめる」

裕貴は目も合わさず、ぶっきらぼうに言う。

「どうしたの。急に」

「別にどうもしない」

「でも、もう内部進学は辞退しますと担任の先生に伝えているから、今の学校にはいられないのよ。わかってるでしょ。裕ちゃんの成績なら絶対にK高に合格するわよ。あと少しだから、がんばって」

「何を根拠に絶対と言えるわけ？」

かつてない冷ややかな口調に、朝子はどきりとした。

「だって、今までずっと裕ちゃんのことをそばで見てきたんだもの。ママは誰より裕ちゃんのことはよくわかっているつもりよ」

裕貴はプイと横向きになり、朝子に背中を見せた。もう、朝子と会話する気はなさそうだ。

「裕ちゃんの好きなハムサンド、置いておくから食べてね」

朝子はサイドテーブルにサンドイッチとサイダーを載せたお盆を置くと、部屋を出た。やはり、裕貴は行き詰っているのだろうか。とげとげしい態度や冷たい口調が、朝子の不安をつのらせた。家庭教師の浦田は、あれから朝子と目を合わせないようにして、そそくさと帰ってしまう。相談もできない。

でも――、と朝子は考え直した。中学に入って以来、裕貴は常に健太郎とトップを争ってきたのだ。落ちるわけがない。今はちょっとナーバスになっているだけだ。合格するに決まっている。

底冷えがすると思っていたら、雪が降りだしたようだ。しんしんと夜が更けていく。いつもの睡眠剤を飲み、朝子は一気に眠りに落ちた。

19

年が明けて、デパートから取り寄せたおせち料理を三人で囲んだ。ほとんど話は弾まず、重苦しい空気が漂う。

「調子はどうだ」

孝文が裕貴に尋ねる。

「普通」

裕貴はそっけなく答える。

例年なら、裕貴はくったくなくいろいろな話をしながら食べるのに、受験の重圧を感じているのか寡黙であった。

「ママは初詣に湯島天神に行こうと思うんだけど、裕ちゃん一緒に行かない？」

「行かない」

裕貴にすげなく断られ、朝子は一人で参拝することにした。

空は晴れ渡り、空気は冷たく澄んでいる。湯島天神はたくさんの参拝客で混雑していた。四十分ほど行列に並んで、ようやく参拝場にたどり着く。朝子は一心に裕貴の合格を祈願した。学業成就のお守りを買い、絵馬も書いて奉納した。

こんな朝子の祈りも虚しく、裕貴は落ちた。

何度ボードを見直しても、裕貴の受験番号は見当たらない。裕貴もどこかでこのボードを見ているはずだ。一緒に合格発表を見に行こうと誘ったのだが、「一人で行く」と袖にされたのだ。

朝子自身も愕然としたが、まだ十五歳の裕貴のショックを思うといたたまれない。合格発表を見に来た親子をかき分けて、裕貴を探し回った。だが、どこにもその姿はなく、携帯もつながらなかった。

私の考えが甘かった――。朝子は激しく自分を責めていた。受験勉強に取り組むのが遅すぎたのだ。裕貴が「いやになった」と言ったときに、しっかり向き合わなければいけなかった。家庭教師や塾の講師の助言に素直に耳を傾けるべきだったのに、盲信して裕貴の心に大きな傷をつけてしまった。悔やんでも悔やみきれない。

あてもなく彷徨っているのだろうか。裕貴はなかなか帰ってこなかった。すっかり日が暮れ、朝子の不安が頂点に達したとき、玄関のドアが開く音がした。あわてて出迎えると、裕貴は顔をそむけ、物も言わずに二階に駆け上がっていく。とりあえず無事に帰ってきてくれて、ほっと胸をなでおろした。せめてもの償いにと好物を並べた夕飯は、冷え切ってしまった。

裕貴に謝ろう。二階に上がりドアをノックしようとすると、静かにすすり泣く声が聞こえてきた。朝子はそっと階段を下り、声を押し殺して泣いた。

さすがに結果が気になったらしく、その夜は孝文は早めに帰宅した。

「ダメだったの」

泣きながら孝文に告げる。

「そうか。だから無理させるなと言ったじゃないか。泣いてたってしかたがない。これからどうするんだ。滑り止めは受けたんだろ」

朝子は力なく首を横に振る。

「なんだ、それは。おまえは裕貴に中学浪人させるつもりなのか」

泣き崩れる朝子を、孝文は叱りつけた。

「泣きたいのはおまえじゃなくて裕貴だ。でも、挫折はいい人生経験になるはずだ。将来そう思えるように、しっかり支えてやらなきゃダメじゃないか。おまえが泣いてる場合じゃない。まだ何か方法があるかもしれない。担任に聞いてみろ」

朝子はうなずくことしかできなかった。

翌日、裕貴がいつまでも起きてこないので、様子を見に行った。ドアをノックすると、

「入るな！」と裕貴が怒鳴る。

「裕ちゃん、ちょっとお話させて」

朝子は裕貴の言葉を無視して、部屋に入った。その瞬間、激しい勢いで飛んできた枕がドアにぶつかり、跳ね返った。

「入るなと言っただろ」

「そうだけど、ママ、裕ちゃんに謝ろうと思って。無理やり受験させちゃって、本当に……」

と朝子が言いかけると、布団の中にもぐっていた裕貴はむくりと上半身を起こした。

「うるさい！　あんたの話なんか聞きたくない。出ていけ！」

「ごめんね。でも、ママは裕ちゃんのためを思って」

最後まで言わせず、裕貴は憎々し気に言い放った。

「自分の見栄で受けさせただけじゃないか。僕が必死に受験勉強しているとき、男とちゃらちゃら遊び歩いていたくせに。僕が何も気づいていないと思ってるのか。夫婦そろってよくやるよね」

朝子はあわてて釈明しようとした。

「いや、それは……」

「それは、どうしたというんだ。言い訳なんかできないだろ。うれしそうにおめかしして、ばっちり化粧して出かけて、帰ってきたと思ったらこのへんにキスマークべったりつけて」

裕貴は首のあたりに手をやりながら、汚いものでも見るような目で朝子を見る。

「出ていけ！」

朝子は打ちひしがれて、部屋を出るしかなかった。

裕貴は何もかも知っていたのだ。父親も母親も勝手なことばかりしている。その一方で自分は受験を押し付けられ、孤立感を深めていったにちがいない。だんだんしゃべらなくなったのは、家族がバラバラで、安心できる居場所ではなくなったからだろう。そんなことにも気づけない、愚かな母親であった。

20

「先生、お願いします。なんとか裕貴を高校に入れてやってください」

もう体裁など構っていられない。裕貴の中学浪人だけは避けなくてはいけない。朝子はクラス担任に必死に頼み込んだ。

「そうですね。裕貴君はこの三年間よくがんばりました。優秀な成績を修めていますから、都立高校に推薦しましょう」

その都立高は、この地区では優秀な生徒しか入れない進学校であった。

「ありがとうございます。本当に……ありがとうございます」

うれし涙がこぼれるのを抑えられない。

ライバルの健太郎はK高に合格したという。私が男に狂わず、母親としての役割をしっかり果たしていたら、きっと裕貴も突破できただろう。朝子は自責の念にさいなまれ、苦しい日々だった。

「裕ちゃん、先生が都立高校に推薦してくださるって」

朝子が話しかけても、裕貴はとげとげしい態度を崩さない。しかし、どんな責めを受けても、耐えなければしかたがない。裕貴がいちばん大切な時期に、セックスに溺れていたのだから。

孝文も裕貴を気遣って言葉をかけているものの、不倫相手の家に入り浸っている状況で、突然父親風を吹かせても説得力がない。裕貴の頑なな態度に、手を焼くばかりであった。

今年は桜の開花が遅く、ちょうど満開になる頃、都立高校の入学式が行われた。裕貴は嫌がったが、朝子は強引に式に参列した。どうしても、裕貴の晴れ姿を目に焼き付けておきたかった。K高ではなくても、無事高校の門をくぐれただけで、感謝の気持ちでいっぱいであった。

もうこの子の羽を折るようなことは絶対にしない。いつのまにかたくましくなった裕貴の後ろ姿を見つめながら、朝子は固く誓った。

その都立高は自由闊達な校風で知られ、子どもたちの人気も高い。ここで切磋琢磨すれば、未来の展望が開けるにちがいない。朝子はK高に固執していた自分の視野の狭さを恥じていた。

裕貴自身は挫折感が大きいのか、都立への進学を素直に喜べないようである。だが、友達ができれば楽しく通えるようになるだろうと、朝子は楽観していた。そして徐々に傷も癒え、朝子への態度も少しずつやわらぐのではないかと期待していた。

裕貴は、一学期は何事もなく通っていた。ただ、部活が盛んな学校なのに、どこにも入ろうとしないのが気がかりだった。

「裕ちゃん、野球部に入らないの？　あんなに好きだったのに」

一度聞いてみたことがある。

「あんたが無理やりやめさせたんだろ。もうやる気なくなった」

裕貴は、わざと朝子の心をえぐるような言い方をする。慣れてきたとはいえ、そのたびに傷つき、また自責の念にさいなまれた。

孝文も、取り付く島もない裕貴の態度に嫌気がさしたのか、ますます帰らなくなった。最近は月に数回の帰館だ。朝子は一人で裕貴の攻撃に耐えなくてはならない。家庭の中はいっそう殺伐として、闘争の場と化していた。

それでも、高校に行ってくれているだけでよしと思える。危うく中学浪人にしてしまうところだったのだから。そう思って、裕貴の罵詈雑言をなんとか聞き流すようにしていた。とにかく楽しい高校生活を送ってほしい。それだけを朝子は念じていたのである。

21

夏休みが明けて二学期が始まった。だが、だらだら過ごした夏休みの生活習慣が抜けきらないのか、一学期の成績が芳しくなかったからか、裕貴は学校を休みがちになった。朝、起きてこないのだ。朝子が起こしに行くと「出ていけ！」が始まる。しかたなく放っておくと、いつまでも寝ている。

はじめは週に一、二回だった欠席がだんだん増えて、行かない日のほうが多くなってきた。なんとか登校させようと、朝子は裕貴に懇願した。

「裕ちゃん、せめて高校は出ておかないと将来困るわよ。明日は行ってね」

「うるせえ！　放っておいてくれ」

「何か不満があるのならママに教えて」

「おまえに話すことなんか何もない」

「でも、学校にだけは行ってね」

裕貴はますます言葉遣いが乱暴になり、コミュニケーションはほとんどとれない。ほとほと困ってクラス担任に相談しても、

「彼には彼の思いがあるんでしょう。焦らずに見守ってあげてください」

と言われるばかりであった。

いじめなどの問題はなく、友人関係は良好という。要は家庭の問題だと担任は考えているようだ。たしかに夫婦関係は破綻しており、家庭は崩壊している。裕貴はそのとばっち

りを一身に受けてきた。そう思うと、朝子は何も言えなくなる。不安と焦燥が募るものの、担任の言うように見守るしかない。

欠席が長引くとますます行きにくくなるようで、三学期は完全に不登校になった。しかも、昼夜逆転の生活があたりまえになってしまったのだ。日中は寝ていて、夕方になると、のっそり起き出してくる。夕飯を食べ終わると、さっと自分の部屋に引きこもる。何をして時間をつぶしているのかわからないが、不健康な生活であるのはたしかだ。

「裕、裕、起きなさい。起きて。もう、朝の九時よ」

朝子は、裕貴の部屋のドアにすがりついて叩いた。とにかく乱れた生活習慣だけでも正さなければと必死であった。

「裕貴、起きて。お願い、起きて」

ドアを叩きながら泣き叫ぶ。そのうち疲れ果ててドアの前に座り込む。毎日がその繰り返しであった。

ギリギリの出席日数で、裕貴はどうにか二年生に進級できた。ほっと胸をなでおろしたものの不登校は続き、昼夜逆転の生活も解消されないまま、夏休みを迎えた。このままでは留年か退学かになり、裕貴の将来は閉ざされてしまう。

もうこれ以上、ただ手をつかねて見ているわけにはいかない。裕貴ときちんと向き合って謝り、話し合わなければ——。

朝子は思い切って、裕貴の部屋のドアを開けた。

「裕ちゃん、ちょっと話があるの。聞いてくれない？」

「うるせえな。なんだよ、いきなり」

裕貴は吐き捨てるように言うと、朝子に背を向けた。

「今まで学校に行かないことについて、きちんと話し合ったことがなかったよね。ここまで裕を追い詰めてしまったことを、ママは心から謝りたいの。本当にごめんなさい。でもね、若い頃の失敗や挫折なんて、十年も二十年も経てば、目に見えないぐらいの小さなシミになっているものよ。今からいくらでも取り返せるわ。先生も心配していらっしゃるわ。だから学校に行って。お願い」

朝子は、裕貴の気持ちを何も理解していなかった。「目には見えないぐらいの小さなシミ」という言葉が、裕貴を逆上させた。

「謝ってすむと思うのか。おまえのせいでめちゃくちゃになったんだ。おれが落ちたのは全部おまえのせいだ。俺の人生、返してくれよ！」

「ママが裕ちゃんにあげられるものといったら、もうママの命しかないの。あなたの好きなようにしてちょうだい」

朝子はベッドの前にひれ伏した。

裕貴は獣のような叫び声をあげ、朝子に襲いかかった。

「こん畜生、こん畜生！　おまえのせいだ。おまえもめちゃくちゃにしてやる！」

しだいに罵声が涙声に変っていった。朝子も涙をぽろぽろ流しながら、裕貴の暴行に耐えていた。

——悪いのは私、悪いのは私。裕ちゃん許して！

心の中で叫びながらも、血が噴き出るような悲痛な思いをしているのは、自分ではなく裕貴の方なのだと、朝子にはわかっていた。罵詈雑言を浴びていると、罪を償っているような気がして、どんな仕打ちにも耐えられるのであった。

こうして悪夢のような時間が過ぎ、二人は決して越えてはならない一線を越えてしまった……。

あれは本当に悪い夢ではなかったのかと思いたいが、悲しい現実であった。事態はいっそう悪化してしまった。もう、単なる不登校の問題ではなくなってしまったのだ。どうしたらいいのか、もがけばもがくほど、どん底へどん底へと引きずりこまれてしまう。まるで蟻地獄のようであった。この地獄から脱出する方法なんてあるのだろうか。

朝子は、来る日も来る日も自責の念に激しくさいなまれ、苦しくて死んでしまいたいほどであった。

でも、裕貴は自分の何倍も苦しんでいるのだ。侮蔑と怒りと悲しみが入り混じった、彼の罵声がよみがえる。

「何もかもめちゃくちゃに壊れてしまえばいいんだ。おまえは俺をまるで自分のパペットのように扱った。俺はあんたの操り人形じゃないんだ。俺はいつ死んだっていいんだ！」

裕貴にとっては、朝子はすでに母ではなく、憎しみをぶつけるサンドバッグでしかないようであった。

あまりの苦しみに耐えられなくなったのか、二学期が始まる頃、裕貴はふらりと家を出たまま帰らなくなった。

なんとか連れ戻さなければと裕貴が行きそうな場所を探したり、実家や友達の家に行っていないか聞いて回ったり、警察や学校に相談したり、心労のあまり朝子は七キロもやせてしまった。食欲もなく、もともと華奢な体がいっそう細くなった。

孝文は「少し頭を冷やしたら帰ってくるだろう。あまり騒ぎ立てないほうがいい」と言うばかりで、頼りにならない。何度も裕貴の携帯に電話したが、着信拒否されているようでつながらなかった。

数ヵ月が経ち、街路樹が美しく色づく季節になった。朝子は疲労困憊し、ほとんど諦めの境地に達していた。孝文の言うとおり、いずれ帰ってくるだろう。裕貴は小さい頃からお年玉やお小遣いを貯金しており、自分の通帳を持って出ていた。お金が尽きたら帰ってくるはずだ。

いつ裕貴が帰ってきてもいいように、毎日裕貴の好きなハムサンドを作ってダイニングテーブルにセットし、冷蔵庫にはサイダーを冷やしておいた。

その日、朝子がテニスのレッスンから帰ってくると、ハムサンドが消えていた。裕貴が帰ってきたのだ——。

「裕ちゃん、いるの？」

あわてて二階に駆け上がったが、裕貴の姿はなかった。どうやら着替えを取りに戻ったようだ。汗臭いポロシャツや下着、ズボンなどが放り投げられ、クローゼットが開けっ放しになっている。顔は見られなかったが、無事ではいるらしい。心から安堵して朝子は床にへたり込んだ。

いったいどこで何をして暮らしているのだろう。まだ十七歳で社会の荒波に耐えられるわけがない。裕貴の未来が少しでも開けるように、何か自分にできることはないだろうか。

22

朝子は、この町で一番大きな寺の門前に立っていた。銀杏の大木が黄色く色づいた葉をひらひらと落とし、足元に吹き溜まりができている。覚悟してきたとはいえ、心が乱れるのは抑えようもない。恐る恐る階段を一段ずつ踏みしめながら、上っていく。

階段を上りきり本堂が姿をあらわすと、すっと迷いは消えた。朝子はまっすぐ玄関に向かい、インターホンを押した。

「はい」

すぐに中年の女性が応じてくれた。あまりにも対応が早いのでちょっと戸惑った。

「突然ですが、ご相談したいことがありまして」

朝子が話しかけると、相談事を持ち込む人は少なくないのか、その女性は手慣れた様子で言った。

「どうぞ中にお入りください」

おずおずと足を踏み入れる。もう後戻りはできないのだ。

「私は怪しいものではございません。お伺いしたいことがございます。あの……、こちらさまで小坊主のような雑用をする人がご入用ではございませんでしょうか。庭掃除や買い物、子守りなど、なんでもいたしますが」

相手は、上品な奥様ふうの女からの意外な申し出に驚いたらしい。はっと目を見開き、答えた。

「申し訳ありませんが、うちではそういう仕事をする人は置いていないのですよ」

朝子は落胆しながら、丁寧にお礼を言って辞去した。

裕貴をなんとか立ち直らせたいと考えた末の苦肉の策だったが、やはり世の中そんなに甘くはなかった。

ではどうしたらいいのだろう。朝子はまた思案に暮れるのであった。

こんな朝子の心配をよそに、裕貴は自由気ままに生きていた。

ふらりと家を出たのち、まずはアルバイトを探そうと新宿に向かった。これまでアルバイトの経験は一切ない。どこをどう探せばいいのかわからなかったが、繁華街に行けば何か見つかるのではないかと、あたりをつけたのだ。

うろうろしながら、大通りから細い路地へと足を踏み入れる。雑多なビルや店が立ち並び、風俗店やパチンコ店も少なくない。にぎやかな音が響き渡り、食べ物と体臭が入り混じった、なんともいえないにおいが漂っている。今の裕貴には、そんな騒々しさや猥雑感が好ましく思える。

しばらく歩いていくと、レトロな雰囲気の雀荘があった。そのドアの張り紙に目を引かれ、裕貴は思わず立ち止まった。

「アルバイト募集！」、その下に小さく「店の掃除、灰皿の交換、おしぼりの補充、お客様のお菓子や食事の買い出しなど」と、仕事の内容が書かれていた。これくらいのことなら自分にもできる。裕貴は迷わず飛び込んだ。

「君、何歳?」

「十七歳です」

「ふーん、高校は」

「やめました」

「どこに住んでるの」

「これから探します」

「なんだか事情がありそうだな。わかった。じゃあ、今日から働いてくれ。寝場所も探してやろう」

白髪のマスターはあっさり雇ってくれた。そのうえ、親しい間柄だという、近所のビリヤード場の店主と交渉して、その店の二階に寝泊まりできるように取り計らってくれた。幸運にも、裕貴はその日のうちに、仕事と寝場所の両方を手に入れることができたのだ。

はじめのうちは、掃除や灰皿の交換などの雑用をしていたが、すぐに雀荘に遊びに来る有閑マダムたちに卓に呼ばれるようになった。

裕貴は長身で、女性の目を惹きつけずにはおかない端正な顔立ちをしていた。そのうえ若い。マダムたちには、一服の清涼剤のような存在に見えるようだ。たちまち引っ張りだこになった。

雀荘のマスターも、そのあたりを見込んで雇ったらしい。

「裕貴、雑用はいいから、お客さんの相手をしてやってくれ。ただし無理な接待はしなくていいぞ。おまえのペースでやってくれ」

マスターのお墨付きをもらい、マダムたちのお相手が裕貴の主な仕事となった。麻雀はすぐに覚えた。裕貴はこびることもなく、接待麻雀をするでもない。そのクールな表情が憎いと、多くのマダムが裕貴目当てに通ってくるようになった。

それまでバレンタインデーにチョコレートをもらったり、同級生にラブレターをもらったりしたことはあるが、しょせんは子どもの恋愛ごっこ。本気でつきあったことはなく、もちろんセックスの経験もない。

しかし、天性の素質があったのか、マダムたちを翻弄するテクニックを身に付けるまで、そう時間はかからなかった。

「裕、今日どう?」

馴染みのマダムが、くわえタバコで牌を崩しながら聞いた。裕貴はウインクを返す。ブルドッグ顔のそのマダムは、満足そうな笑みを浮かべた。

「あら、ずるいわね。私も今日、裕に声をかけようと思っていたのに」

対面のシミだらけのマダムが、ふくれっ面で抗議する。

「早い者勝ちよ。残念でした」

と勝ち誇るブルドッグ顔。

マダム同士のさや当てはいつものことだった。裕貴は内心うんざりしながらも、表面上は楽しんでいる風を装って卓を囲んでいた。自分がどう振舞えば女たちが喜ぶか、直感的にわかっていた。

そんな裕貴の一挙手一投足に熱い視線が注がれる。しなやかな長い指で牌をつまむと、

「裕って指が細くて長いよね。ピアニストみたい」

メンバーの中では若手の、といっても還暦を過ぎたマダムが、うっとりした表情で見つめる。今にも手を取らんばかりだ。そうはさせじと、ブルドッグ顔とシミマダムが冷たい視線でけん制する。

牌を崩すとき、わざと裕貴の手に触れる輩もいる。それぞれ牌より裕貴に気を取られな

がらの麻雀なので、裕貴はいつも楽勝だ。

「ロン！」

「キャーッ！」

嬌声があがる。

「あら、また裕にやられちゃった。役満じゃない？」

当たり牌を捨てたマダムは、悔しがるよりうれしそうにしている。少しでも裕貴に喜んでもらいたいという気持ちでいっぱいなのだ。

こんな馴れ合いの麻雀も、自分をめぐってのマダム同士のつまらない駆け引きも、裕貴は飽き飽きしていた。けれど、こうして麻雀をしているだけで、日々の生活を保障してもらえるのだから、お安い御用ともいえる。

マダムたちは競って裕貴に貢いだ。匂うような美形の若者と一晩一緒に過ごせるのなら、いくらお金を費やしても惜しくはないと、皆考えているようだ。おかげで、裕貴はお金に不自由することはなかった。

醜悪な婆さんたちだが、収入源なのでぞんざいにあしらうことはできない。たるみきった体を抱くのも仕事のうちと割り切ってはいたものの、嫌悪感は抑えきれない。同じ地球上に、女という生き物が棲息していること自体が許せない気持ちだった。

この女性に対する憎悪は、母親の朝子とのこじれた関係によって醸成されたのかもしれない。朝子も麻雀に興じるマダムも、裕貴には同類であった。裏ではあさましく性をむさぼりながら、表向きは良家の奥様としてぬかりなく振舞う、下劣な生き物だった。

雀荘に男漁りに来るマダムとベッドを共にしない夜は、裕貴のもう一つの職場となったビリヤード場に帰った。この店に寝床を提供してもらう代わりに、簡単な仕事をこなしているのだ。

朝起きると店内をざっと掃除する。その店では飲み物や軽食も出すので、食材に不足はないか点検する。朝のコーヒーをいれ、店内に芳醇な香りが満ちる頃、寝ぼけまなこの店主が姿を見せる。

「おはようございます」

裕貴はすかさずコーヒーカップを手渡す。

開店時間の十時になると、学生や暇をもてあましている自営業者などが、ボツボツ集まってくる。カップルもいれば、グループもいる。

遅い朝食をとる者、コーヒーを飲みながら新聞を読む者、すぐにビリヤードを始める者、それぞれ思い思いに過ごす。裕貴は、ウエイターとしてコーヒーや朝食を出したり、食器を下げたり。常連さんと軽くおしゃべりすることもある。

飲食が一段落すると、客たちを相手にビリヤードに興じる。それも裕貴の仕事のうちであった。

雀荘とは客層が異なり、裕貴を指名してくるのは男子学生が多い。親が医者や弁護士、経営者といった、富裕層のバカ息子たちだ。ゲームを楽しむうちに意気投合して、といっても裕貴はそのフリをしているだけだが、夜のお相手を頼まれることも少なくない。マダムたちも、男たちも、皆裕貴の怪しい魅力のとりこになってしまうのだ。

裕貴は恵まれた容姿を生かして、雀荘でもビリヤード場でも、自分の身一つで大金を稼ぎだしていた。もちろん、どちらのマスターにも、裕貴が体を張って稼いでいることは秘密にしている。店で働き続けるにはどういう振舞いをすべきか、若いながらしっかり心得ていた。

23

初夏の日差しを浴びて、今年も庭のバラが競うように咲き始めた。三年前のあの日、テニス仲間たちと楽しくおしゃべりしたのが、遠い昔のことのように思える。あれから、朝子の日常も裕貴の日常もがらりと変わってしまった。

裕貴の同級生はそろって三年生になり、高校生活最後の一年を、部活に勉学にいそしんでいるようだ。その中に裕貴の姿がないのが、辛くてたまらない。本来なら青春時代の思い出をたくさん作れる楽しい時期なのに、裕貴はたった一人で苦しみに耐えているのだ。どこで何をしているのか、きちんと食事はとれているのか、胸がつぶれる思いであった。

孝文はほとんど帰ってこなくなり、朝子には不安や悲しみをぶつける相手もいない。夕暮れになると、涙があふれる日々であった。

その日も物思いにふけっていると、テニスのパートナーの真由美から電話が入った。

「朝子さん、うちの翔太が、裕貴君が新宿の雀荘で働いているらしいって言うんだけど。

そんな噂を聞いたらしいわ」

「えっ、雀荘？」

少しでも情報を集めたくて、テニス仲間にだけは裕貴の家出を打ち明けている。もはや世間体を気にしている場合ではなかった。彼女たちは我がことのように心配して、さりげなく周りに聞いてくれていた。

朝子は、早速教えられた雀荘に足を運んだ。派手な看板を掲げた俗っぽい店や雑居ビルが無秩序に並んでいる通りに、その雀荘はあった。

こげ茶色の木製の扉がクラシカルで、周りの浮ついた雰囲気にはそぐわない、落ち着いた佇まいだ。雀荘というと、柄の悪い人たちが集まる騒がしい場所というイメージがあったので、カフェのような外観にひとまず安堵した。

早く裕貴の顔を見たいとは思うものの、いきなり母親が現れると、彼は猛反発するにちがいない。扉を開けるのをためらっていると、ちょうど客らしい男性が出てきた。

「すみません。ちょっとこの店のご主人にお話があるのですが」

朝子が言いかけると、その男性は気軽に呼び出してくれた。

「おーい、マスター。お客さんだよ」

マスターらしき白髪の人は朝子を見ると目を丸くし、口笛を吹くかのように唇をとがらせた。朝子は、あまりにもこの場所には不釣り合いであった。

「何か私にご用で」

「桐谷と申します。うちの息子の裕貴がお世話になっていると聞いてきたのですが」

「おおっ、裕貴君のお母さんですか。ええ、うちで働いてもらっています」

「どんな様子なのでしょうか」

「言葉遣いもきちんとしていますし、お客さんの評判もとてもよくて助かってますよ。ちょっと待ってください。裕貴君はビリヤード場でも働いているんですよ。近所ですから、そこの店主も呼びましょう」

マスターは朝子の来訪の目的を察したようで、ビリヤード場の店主にその場で電話をして呼び出してくれた。

ビリヤード場の店主は、雀荘のマスターよりちょっと若く、五十代半ばというところか。

「裕貴君は明るくて挨拶もちゃんとしてて、いい子ですね。うちの二階で寝泊まりしていますので、安心してください」

「まあ、そうだったんですか。ご迷惑おかけして申し訳ありません」

「いやいや、たまたま空き部屋があって、泥棒よけにもなるし、こちらとしてもちょうどよかったんですよ」

裕貴は幸運にも、親切で優しい人たちに出会ったようだ。

雀荘のマスターは、朝子にやわらかなまなざしを向けて言った。

「何か事情がおありのようですね。ご心配でしょうが、しばらく我々に預からせてください。こんなところにいるような子ではありませんから、心の整理がついたらそのうち帰るでしょう」

温かい言葉に涙がこぼれた。

ビリヤード場の店主も、ニコニコしながらうなずいている。

「ありがとうございます。なんとお礼を申し上げたらよいか、本当にありがとうございます。なにとぞよろしくお願いいたします」

朝子は深々と頭を下げた。

裕貴は外では礼儀正しく振舞い、周りの人と良好な関係を築いているようであった。これは朝子の大きな救いとなった。自分はどんな罰でも甘んじて受ける。だから、悪の道にだけは走らないでほしいと願っていた。

子どもの心の痛みに寄り添い、優しく見守り、導いてくれる人たちがいたことに深く感謝した。この人たちとの出会いによって裕貴は孤立せず、道を踏み外さずにすんだのだろう。

裕貴の現状がわかって安堵すると同時に、朝子は自分の子育てについて振り返ることが多くなった。裕貴はもともと素直で明るく、人懐っこい性格だった。その性格は今も他人に対しては存分に発揮され、裕貴を守ってくれている。

けれど、家では別人のようになってしまった。それはすべて私のせいだと、朝子はまた自分を責める。

そういえば、裕貴が子どもの頃、一度でも思いきり抱きしめてあげたことがあっただろうか。膝の上に乗せて、お話を聞かせてあげたことがあっただろうか。

朝子は自分の胸に手を置いて、思い返してみた。

ただの一度も、甘えさせたことはなかったような気がする。裕貴を名門といわれる学校に通わせ、より良い教育を受けさせることに腐心してきたが、抱きしめてやった記憶はほとんどない。

私は自分の見栄のために、裕貴の大切な人生を台無しにしてしまった。そして私自身の人生も——。もう何が善で何が悪なのか、朝子にはわからなくなっていた。

裕貴は朝子にできる限りの屈辱と悲しみを与え、深い奈落の底に突き落とそうと考えているようだ。彼の憎しみの炎が燃え盛っているのを、肌で感じないわけにはいかなかった。朝子が新宿へ足を運んだあとから、裕貴はときおり帰ってくるようになった。だが顔を合わせても、無視されるか、激しく罵倒されるのが常だった。

それでも、まだ完全に糸は切れていない。必死にそう思い込もうとしていた。誰が何と言おうとも裕貴は私の子。その思いに支えられて朝子はかろうじて自分を保っていた。

24

ビリヤード場にときどき姿を見せる、黒髪のロングヘアの女がいた。どことなくはかなげな雰囲気が、ビリヤード場には似つかわしくなかった。一人でふらりと入ってきて、ちょうど居合わせた人を誘ってゲームを楽しむ。そのフォームも美しく、裕貴はすぐに恋に落ちた。

　裕貴は彼女が来るのを心待ちにするようになり、姿が見えると、自分がゲームの相手をするようになった。

「名前、なんていうの」

「美羽(みう)」

「いい名前だね」

　どこまでも深く澄んだ湖のような瞳、形のよい鼻、やや薄めの唇。すべてが裕貴には好ましく思えた。この女を誰にもとられたくない。こんな気持ちになったのは初めてで、戸惑うばかりであった。

　常連さんの話によると、彼女はキャバクラで働いているらしい。何か複雑な家庭の事情があり、天涯孤独の身だという。年齢は裕貴より三、四歳上のようだ。

　ほどなく裕貴は、休みの日は美羽のアパートで過ごすようになった。

　ところが、女たちを悦楽のるつぼに叩き落とすことなど朝飯前の裕貴が、いつまでたっても美羽には指一本触れることができなかった。欲情が昂っても、汚してはならないという強い思いがこみあげ、どうしても抱きしめることができなかった。美羽には女神のような神聖な何かを感じてしまうのだった。

美羽への思いは、他の女たちとは決定的に異なっていた。美羽は、汚してはならない、清らかなものであった。

裕貴は美羽に優しく抱かれていると安心感に包まれ、心地よい眠りに落ちていける。悲しみや怒りがこみ上げてくると、いつも美羽の胸に顔をうずめた。

裕貴の心の中に残るわずかな良心が、美羽を抱かせなかった。最後まで裕貴は美羽を抱けなかった。美羽は裕貴にとって、唯一の大切な人、愛しい人だった。裕貴は美羽に母性を見ていたのかもしれない。

美羽は分かっていた。裕貴の苦悩を。一見、明るく幸せそうに見えるが、時としてその表情にはマグマのようにメラメラと燃える何かがあることを。その瞳の奥には深い悲しみとも怒りともつかない何かがあることを。

25

朝子は、ようやく穏やかな日常を取り戻しつつあった。雀荘とビリヤード場のマスターの優しさに甘えて、裕貴の気持ちが落ち着くまでしばらく預かっていただこう。そう思うと、少し肩の荷が下りた気がした。

その日は朝からぐんぐん気温が上がり、庭木も連日の暑さにぐったりしているように見えた。ぎらぎら照り付ける真夏の太陽にもめげず、朝子は友人たちとテニスを楽しみ、大汗をかいた。更衣室でシャワーを浴びて、いつものようにお隣のイタリアンカフェのランチを四人で囲む。

「お疲れさま～」

「今日は完敗だったわね。サーブがどうしても決まらなくて、ごめんなさいね」

「いえ、朝子さんのせいじゃないわ。私のボレーがダメダメだった」

ダブルスのパートナーの真由美と互いに慰め合う。

ゲームの反省に始まり、いつしか話題は子どもたちの進路へと移っていった。裕貴以外は高校三年生だ。たいていの親にとっては、目下の最大の関心事であろう。

彼女たちには裕貴の現状を包み隠さず話していたので、体裁を取り繕う必要はない。一抹の寂しさを感じながら、朝子も耳を傾けた。

「うちの彩花はアメリカに留学したいって言うの。だから今資料を取り寄せて検討中よ」

アイスコーヒーを飲みながら、理沙子が言う。

「彩花ちゃん英語が得意だし、しっかりしてるものね。うちの子はこのまま内部進学よ。もっともお気楽コース」

美保が肩をすくめて笑う。朝子も口を開いた。

「真由美さんのおかげで、裕貴の居所がわかってほっとしたわ。本当に皆さんにご心配かけて申し訳ありませんでした。しばらく雀荘とビリヤード場でアルバイトさせてもらうことになったの」

「よかったわね。裕貴君のことだから、気持ちが落ち着けば再起するわよ」

「そうよ。あれだけ優秀だったんだもの。その気になれば、いくらでも道は開けるわよ」

皆口々に慰めてくれる。

でも朝子は、獣のように堕ちてしまった、あの出来事だけは秘密にしていた。もしそれを知ったら、この人たちはなんて言うだろう。いや、もう二度と口もきいてくれないにちがいない。心の奥がチリチリ痛む。

朝子は真由美に聞いた。

「翔太君はこの頃どう？」

「おかげさまでやる気が出てきたみたいで、医大を受けるって張り切ってるわ。合格できるかどうかはわからないけどね」

「そう、本当によかったわね」

そう言いながら、後悔の波が再び押し寄せてくるのを、朝子はじっと耐えなければならなかった。これまで何度も後悔の大波に襲われ、そのたびに胸が締め付けられる思いがした。

真由美のように、子どもの意思を尊重していれば、裕貴もはつらつと高校生活を過ごせただろうに。私は母親失格だ。もう取返しはつかない。朝子の表情が暗くなったのを見て、真由美が励ましてくれた。

「朝子さん、裕貴君は必ずあなたのもとに戻ってくるわ。だから信じて待っていてあげて」

「ありがとう」

目がうるみそうになるのをこらえるのがやっとで、もうデザートの味もわからなかった。

夕方帰宅すると、朝子はルーティンワークを黙々とこなした。庭の花の手入れをし、掃除機をかけているうちに、汗がどっと噴き出した。シャワーを浴びようとバスルームに入った。

心地よい温度の湯気の中で、ふっと誰かに見られているような気配を感じて振り返ると、裕貴が真っ赤な顔をして立っていた。朝子がその凄まじい顔に驚いて二、三歩退きながら「裕……」と言いかけたとき、裕貴は何かに憑かれたように無言で朝子をタイルの上に押し倒した。

「裕、もうこんなことはやめて。お願い、裕。やめて！」

朝子は泣いていた。二人ともシャワーの湯にぐしょぐしょに濡れながら、もみくちゃになっていた。朝子の泣き声は勢いよく飛びはねるシャワーの音にかき消されていった。

やがて、何かに追い立てられるように裕貴は立ち上がると、バスタオルを朝子に投げて出ていった。

倒れた容器から流れ出るシャンプー液がシャワーに溶けて無数の泡となり、朝子はその泡に溺れそうになりながら、ほんの一瞬自分の体を通り過ぎていった男たちのことを思い出していた。これまで自分が犯してきた罪を何もかも洗い流したい。

朝子は頭を弱々しく振りながら起き上がった。

「もう駄目だ。これで終わりにしよう」

何度もその言葉を自分に言い聞かせる。

悪いのは裕貴じゃない。みんな私だ。私が裕貴の人生を踏みにじったのだ。もう私には何も残っていない。生きていく気力さえも――。

この三年間、朝子には未来はなかった。ただ、苦しい今があるのみだった。

すべては裕貴への愛ゆえだったと朝子は信じていたが、朝子の感じている苦しみよりも、裕貴のそれは何十倍、何百倍も強いものだったのだろう。私に何ができただろうか。

帆は飛び、舵は壊れ、今にも波にのまれそうな小舟のように、裕貴はあてもなく漂流している。助けてくれと泣き叫んでいるのに、朝子にはどうしてやることもできない。

自分はどうしたらよかったのだろう。これからどうすればいいのだろう。

26

朝子が買い物から帰ると、裕貴がハムサンドを食べようとしていた。また罵声を浴びるなんて、あまりにも悲しすぎる。彼が何か言いかけるのを押しとどめるようにして、朝子は聞いた。

「裕ちゃん、帰ってたの。サイダー冷やしてあるわよ。飲む？」

緊張で声が裏返りそうになったが、なんとか普通に話せた。裕貴は特にいぶかる様子もなくうなずく。

朝子は冷蔵庫からサイダーを取り出した。コップに注ごうとするものの、手が震えてうまくいかない。キッチンカウンターに何度もこぼしながら、ようやく満たした。医師から処方された睡眠剤を、念のために二錠投入し、マドラーで混ぜて溶かす。恐怖と緊張で吐き気がする。

「はい、どうぞ」

裕、飲んじゃ駄目よ――。もう一人の自分が裕貴にささやきそうになる。身を引き裂かれる思いで、コップをダイニングテーブルに置いた。

裕貴は何の疑いもなく、サイダーを一気に飲み干した。サンドイッチをすっかり平らげると、もう用はないというように裕貴は立ち上がった。

朝子はリビングのソファに座っていたが、裕貴と目を合わせるのが怖くて、テレビを見ているフリをした。

「なんだか急に眠くなっちゃった」

こうつぶやく声が聞こえる。と同時にバタリという音がして裕貴が床に崩れ落ちた。

恐怖で歯がカチカチ鳴る。全身の震えが止まらない。本当にこれでいいのかという思いが頭をもたげかかるのを必死に抑え込み、朝子は寝息をうかがった。規則正しい寝息が続いている。裕貴は深い眠りに落ちているようであった。

孝文のネクタイを握り締め、片端を裕貴の首の下にそっと差し込む。指が小刻みに震え、心臓がばくばくして今にも破裂しそうだ。この鼓動で裕貴が目を覚ますのではないかと気が気ではない。裕貴がわずかに体を動かすたびに朝子は総毛立った。

ほんの数十秒しか経っていないはずなのに、永遠の時間のように感じられた。ようやくネクタイをくぐらせ、首の前で両端を握り締めた。

最愛の息子。この子の幸せのためなら、自分の命なんていつでも投げ出せる。そう思って慈しんできたのに、どこでどう間違えたのだろう。

今ここでやり遂げなければ、裕貴も私も、いっそう深い地獄の底に落ちてしまう。

朝子は目を閉じて全体重をかけ、渾身の力でネクタイを締めた。その瞬間、裕貴の体がビクンと大きく跳ね、朝子は泣きながらさらに締めた。裕貴はカッと目を見開き、驚愕の表情でネクタイに手をかけ、激しくもがき始めた。

「ごめんね、裕ちゃん。ママを許してね、許してね」

この三年間、何度こう言って許しを請うたことだろう。

朝子は手を緩めることなく締め続けた。裕貴の手足がぴくぴくけいれんし、やがて動かなくなった。

ネクタイを持つ手にずしりと重みが加わり、すべてが終わったことを告げていた。もう涙は出なかった。ただ、裕貴に寄り添っていたかった。

朝子はピクリとも動かない裕貴に語りかける。

裕ちゃんが小さい頃、ママと裕はとても仲が良かったのよね。今でも昨日のことのように思い出すわ。箱根の仙石原で、赤とんぼを追いかけて、どこまでも芒の中を走っていった裕。あの頃、ママはとても幸せだったわ。裕もそうでしょう?

ごめんね、裕。ママ、悪い母親だったのね。裕の思うとおりの道を行かせてあげられなくて。みんなよかれと思ってやったことなのよ。でも、もうママの言うことは何も聞かなくてもいいのよ。

ふと窓の外に目をやると、二匹の蝶が、絡み合いながら空高く舞い上がっていくのが見えた。

朝子は、今初めて裕貴が自分のものになったような気がした。もう、どこにも行かないで。裕はずっとずっと私のもの。

日が翳り、薄暗くなった部屋で、朝子は呆けたようにいつまでも裕貴の傍らに座り込んでいた。

（了）

著者プロフィール
華村 美月（はなむら みづき）
1935（昭和10）年、東京都生まれ。
立教大学文学部英米文学科卒業。

愛しのパペット

2021年２月15日　初版第１刷発行

著　者　華村 美月
発行者　瓜谷 綱延
発行所　株式会社文芸社
〒160-0022　東京都新宿区新宿1－10－1
電話　03-5369-3060（代表）
03-5369-2299（販売）

印刷所　株式会社平河工業社

ISBN978-4-286-22010-9